Geneviève-Marie

La Chrysalide

La Société des Ecrivains

Sur simple demande adressée à La Société des Écrivains,
147-149, rue Saint-Honoré – 75001 Paris,
vous recevrez gratuitement notre catalogue
qui vous informera de nos dernières publications.

—

Texte intégral

ISBN 2-7480-2575-X

À

ALEXANDRE

ET

ROMAIN

Je remercie tout particulièrement les personnes
qui m'ont aidée dans mes démarches et recherches
par leur gentillesse et leur compréhension.

Monsieur Le Curé de Terrasson La Villedieu
Dordogne

L'office de Tourisme de Terrasson La Villedieu

Le personnel de la Bibliothèque de Saint-Maixent-l'École
Deux-Sèvres

L'office de Tourisme de Saint-Maixent-l'École

L'office de Tourisme de Niort
Deux-Sèvres

L'office de Tourisme de La Rochelle
Charente-Maritime

L'office de Tourisme de Rochefort-sur-Mer
Charente-Maritime

Ma mère, quittant mon père, partit se placer comme cuisinière dans un manoir de Dordogne, sans laisser d'adresse derrière elle. J'avais deux ans.

Je découvris dans cette propriété un terrain de jeux immense. Je suis devenue une petite fille sauvage, de surcroît, un vilain petit canard.

Jo Bouillon, le mari de Joséphine Baker, venait parfois au manoir accompagné de Charles, un jeune frère de Joséphine.

À mon entrée en CP, je me suis retrouvée au dernier rang de la classe. Ayant des problèmes aux yeux, je ne voyais même pas le tableau noir. Je me faisais punir de récréation pour rester près des maîtresses et écouter leurs conversations. Mon institutrice, se rendant compte de mon manège, changea de tactique et me fit mettre face au mur dans la classe.

Une vraie catastrophe.

En CE2, ce fut encore pire. Dès le premier jour, l'institutrice m'a prise en grippe et installée dans un débarras où j'ai passé toute mon année scolaire.

Je me suis mariée avec un homme qui ne tarissait pas d'éloges à mon sujet devant tout le monde mais dans notre intimité, c'était plutôt le contraire.

Je gardais des enfants de la DASS et avais des tas d'activités dans notre commune. Petit à petit, les choses se sont dégradées jusqu'au jour où j'ai appris que j'étais atteinte de la maladie de Parkinson.

Un jour, j'ai découvert l'horreur dans ma maison : mon mari se livrait à des attouchements sexuels sur un des enfants que je gardais. Il me menaça de me tuer si je parlais.

Je n'avais pas de moyen d'agir : l'enfant ne parlait pas. Je me suis mise à surveiller mon mari et je me rendis compte qu'il avait une double vie.

Menacée, ma sécurité en danger, j'ai décidé de quitter la maison. Je n'avais rien, il avait tout gardé.

Un jour de pluie, j'ai rencontré un homme qui habitait loin mais travaillait, au moins pour quelque temps, dans la même ville que celle où je vis. Nous sommes tombés amoureux fous l'un de l'autre, un amour de feu, de passion. Il avait une femme et des enfants, moi j'avais ma maladie et nous savions que nous ne vivrions jamais ensemble.

Je fis aussi la connaissance de Marc que je considérais comme mon frère.

Tout semblait aller comme dans le meilleur des mondes jusqu'au jour où j'ai été victime d'intrusions sans effraction à mon domicile, d'appels sur mon téléphone en liste en rouge, de prises en chasse par des individus louches…

Un ami de Marc, policier, fut alerté. Il découvrit que j'avais affaire à de dangereux individus repris de justice. J'étais l'objet d'un « contrat ».

Pour moi, cela ne faisait aucun doute, j'en connaissais le commanditaire !

Vint le temps des lettres anonymes menaçantes et visant les amis qui m'avaient protégée.

Le procès de mon ex-mari arriva, il se paya la tête des juges. Le verdict tomba.

La condamnation me parut particulièrement clémente, anormalement clémente.

PREMIER CHAPITRE

J'ai rencontré le Merle en 1976, à la Bourboule.

Nous travaillions dans le même hôtel. Lui, comme cuisinier, moi, comme femme de chambre, nous assurions la saison d'été quand les curistes envahissaient la ville en période chaude.

Lorsque je suis allée me présenter au printemps à l'Hôtel du Louvre, il y avait de la neige partout.

La neige fondue, la végétation pousse à une vitesse vertigineuse et la nature est d'une générosité très abondante en montagne.

Je fus émerveillée par cette nature luxuriante : des fleurs partout, de l'herbe riche pour les animaux, l'air pur et vivifiant qui vous remplissait la poitrine.

La nature est prisonnière de la neige et du froid une bonne partie de l'année. Le temps de la chlorophylle, des feuilles, des fleurs, est court : alors c'est une course contre la montre que la nature s'impose.

La saison terminée, nous décidâmes, le Merle et moi, de partir en vacances ensemble entre deux saisons de travail.

Nous avions trouvé du travail dans la même station de ski : après la saison d'été, nous entamions une saison d'hiver mais, entre les deux, nous avions deux mois de vacances.

Les vacances, cela signifiait partir avec un passeport dans la poche, la toile de tente, la moto… et vogue la galère !

Nous avons commencé notre périple par la Corse où nous avons passé un mois.

La côte sauvage, les criques déchiquetées, l'apparition d'une tour génoise à la pointe d'un promontoire, le maquis, les champignons dans les bois… une petite merveille de la nature enchanteresse à découvrir.

Mais la météo n'était pas de la partie.

Nous décidâmes donc de passer en Sardaigne, puis en Sicile, espérant trouver des cieux plus cléments.

Nous cherchions le soleil. Arrivés en Sicile le pays venait de subir un ouragan : glissements de terrains, routes couvertes de boue, arbres cassés ou arrachés, maisons inondées, habitants hagards et catastrophés devant le désastre… Un bien triste spectacle.

Il ne nous restait plus qu'à remonter par l'Italie, mais non sans avoir goûté aux vins siciliens (19° à 23°) ce qui nous valut une mémorable « cuite ». Rien que de sentir leurs arômes, on aurait pu s'enivrer.

Je voulais monter à l'Etna. Nous avons dormi une semaine au pied du volcan dans les cailloux qui nous rentraient dans les côtes, par un temps épouvantable, de la pluie, du brouillard à couper au couteau.

Le soir, nous nous couchions dans des duvets plus qu'humides et le matin nous remettions nos vêtements mouillés qui n'avaient pas eu le temps de sécher durant la nuit.

Le mauvais temps eut raison de ma ténacité mais je me suis rattrapée pendant notre trajet de retour par l'Italie. Nous nous sommes arrêtés au Vésuve et à Pompéi.

Du Vésuve s'échappaient des fumerolles qui m'enchantèrent mais, là encore, la météo nous a joué des tours : il neigeait.

À la suite de ces vacances, nous avons commencé une saison d'hiver.

La station de ski se trouvait en pleine montagne, isolée sur un plateau de Savoie, ravitaillée par télésiège, sans télévision, coupée du monde civilisé. Seul un téléphone nous rappelait le monde « d'en bas ».

Je me demandais si je supporterais de vivre cinq mois ainsi coupée du monde. Ce fut une découverte, une expérience très enrichissante, une révélation.

Je travaillais jusqu'à quinze heures et puis je faisais du ski ou je me promenais en montagne le reste de l'après-midi.

Parfois, la neige tombait pendant quatre jours à gros flocons sans arrêt. Il fallait alors dégager à la pelle les portes et les fenêtres, surtout du côté de la combe où la neige du toit rejoignait celle du sol.

J'aimais bien ce genre d'exercice vivifiant.

Quand la neige s'arrêtait de tomber, les jours suivants, la nature était d'une beauté à couper le souffle, les sapins, le gros poirier en face de la combe, couverts d'une épaisse couche de neige rendant le paysage féerique.

Je ne me lassais jamais de contempler un tel spectacle.

Le soir, pour aller me coucher, je traversais le plateau jusqu'à la Combe. Il faisait -26°, -28 °C, tout était feutré, le froid me paraissait si doux.

Après cette saison, nous sommes partis en moto au Maroc, pour un mois et demi.

Nous avons rencontré beaucoup d'enfants sales et mal habillés qui mendiaient mais les gens étaient souvent très gentils et accueillants.

Le soleil brûlant, les oasis de verdure qui poussent autour d'une source fraîche formaient un contraste étonnant.

Sous les palmiers, les peuplades faisaient pousser toutes sortes de très beaux légumes.

J'étais émerveillée par la récolte des dattes, les gorges étroites et désertiques, les villages de montagne qui se confondent dans le paysage avec leurs toits en terrasses où séchaient les récoltes. Étalé sur les rochers, le linge que les femmes venaient de laver faisait des guirlandes multicolores.

TERRE LOINTAINE

L'Atlas et ses orages

À la dimension d'une apocalypse

Les forêts millénaires

Où tout est gigantesque

Les cèdres mythiques

Les tentes des Touaregs

Et leurs chiens

Qui aboient sur mon passage

Le Sahara et son soleil brûlant

Les chèvres qui escaladent les arbres

Les oasis grouillantes de vie et de bruit

Les bandes armées du Polisario

Le soldat qui monte la garde

Devant ma tente

La nuit

Accords des gouvernements

Sécurité dérisoire

Paysage à la grandeur de son créateur

Poignant émouvant

Mais cruel dans sa réalité

Indifférente.

Devant cet homme qui meurt

En place publique se vidant de ses excréments

Sous les yeux et l'indifférence

De tous.

Après quatre ans de saisons et de voyages tous les six mois, nous nous sommes sédentarisés dans le Marais poitevin où nous nous sommes mariés.

La formation du golfe du Poitou est assez récente à l'échelle géologique. Elle commence au Quaternaire, il y a deux millions d'années, sous l'effet d'importantes variations du niveau de l'océan liées au cycle des glaciations.

L'existence de nombreux sites préhistoriques a été révélée par la photographie aérienne sur le pourtour de l'actuel Marais poitevin.

Les premiers foyers de peuplement sont établis sur les points hauts du rivage et sur les îles.

Les plus anciennes implantations structurées remontent au quatrième millénaire avant Jésus-Christ, avec des populations d'agriculteurs-éleveurs vivant retranchés dans des camps fortifiés.

A partir du VIIe siècle, plusieurs abbayes se lancent dans un long effort d'aménagement et de mise en valeur, en s'appuyant sur les phénomènes naturels d'alluvionnement pour gagner des terres sur la mer.

Mais le paysage célèbre aujourd'hui sous l'appellation de « Venise Verte » est bien plus récent.

Au XVIe siècle encore, l'arbre est ici l'exception tandis que de vastes roselières envahissent la vallée de la Sèvre.

Dès le siècle suivant, certains investisseurs envisagent l'assèchement général du Marais poitevin depuis Coulon et La Garette jusqu'à la mer, des initiatives fortement encouragées depuis Henri IV par l'octroi de privilèges.

En 1808, un décret de Napoléon 1er affirme la vocation première de la Sèvre comme artère navigable entre Niort et Marans.

Tout au long de la vallée, des bâtis, lavoirs et moulins témoignent de l'attention portée par les habitants au nécessaire partage de l'eau.

Là où le visiteur a tendance à ne voir qu'un lacis indistinct de canaux, le Maraîchin dispose d'un vocabulaire varié pour désigner et hiérarchiser les innombrables voies d'eau de son territoire. On distingue ainsi les fossés, les conches et les rigoles.

Lorsque vous aurez pris la barque, voguant en silence sous la voûte de frênes têtards, vous comprendrez pourquoi ce pays a engendré tant de légendes, d'histoires fantastiques et de fables.

Ici, la terre et l'eau s'entremêlent pour former des paysages qui inspirent les poètes et fascinent les peintres.

« Dans le marais, il y a une façon très particulière de pêcher les anguilles : c'est la pêche au réveil.

Vous partez de bon matin, de bonne heure et de bonne humeur avec votre barque dans le marais sans oublier d'emporter un réveil un bon gourdin et un sac de jute.

Vous choisissez une conche bien tranquille.

Vous amarrez bien solidement votre barque.

Vous installez votre réveil sur le bout de la barque bien en vue.

Vous vous saisissez du gourdin.

Vous reculez de deux pas.

Vous attendez et là, quand l'anguille monte pour lire l'heure, vous n'avez plus qu'à l'assommer avec le gourdin. Et hop ! Dans le sac ! Hi hi hi. »

En 1981 le Merle s'est retrouvé au chômage : Monsieur ne supportait pas sa patronne !

Il répondit à une petite annonce parue dans le journal. Une mutuelle d'assurances recrutait un cuisinier. L'aubaine !

Je lui ai rédigé sa lettre de candidature, il a corrigé les fautes d'orthographe. Il fut convoqué pour un essai.

Au vu des cent quarante-huit candidatures, le chef de service avait décidé de convoquer cinq personnes pour un essai : à elles de faire leurs preuves.

Sur les cinq, deux ne se sont pas présentées. Le Merle fut retenu et embauché définitivement au bout de six mois.

Il avait une place sûre, des horaires de travail plus qu'intéressants sans compter toutes sortes d'avantages avec le comité d'entreprise. Pour lui, c'était inespéré.

Notre fils Ludovic naquit à cette époque. J'avais deux garçons d'un précédent mariage : Pascal et Sullivan.

Ludovic s'éleva comme un champignon.

Tout petit, je lui parlais déjà comme à un adulte, ce que je n'avais peut-être pas fait pour les deux autres.

Cet enfant comprenait tout ce que je lui expliquais et je n'avais pas besoin de répéter une seconde fois.

Il montra aussi très tôt une grande indépendance.

À l'âge de deux ans, il décela une faiblesse dans l'éducation de son père et décida de le tester.

Ludovic ne faisait jamais de bêtises sauf quand son père était à la maison. Incapable d'éduquer son fils, le père s'en prenait à moi, me reprochant de ne pas savoir élever mon enfant.

Je me suis battue six mois avec acharnement pour tenter de faire comprendre au père le rôle qu'il avait à tenir auprès de son fils. Le jour où le Merle sermonna enfin Ludovic et non moi, tout rentra dans l'ordre.

Cet enfant me donnait d'énormes satisfactions mais je ne pouvais pas en dire autant de son père à propos de l'éducation des enfants.

Je dus tout lui apprendre mais, hélas, le père n'était pas aussi doué que le fils : j'avais deux enfants à la maison.

D'un côté, je poussais le Merle à tenir son rôle auprès Ludovic et de l'autre, je le valorisais en permanence aux yeux de son fils en espérant qu'un jour, le père se conduirait vraiment comme un père.

En 1986, j'entrais au Conseil général comme assistante maternelle de l'Aide sociale à l'enfance. Je m'occupais d'enfants en grandes difficultés.

Je faisais entrer dans le foyer plus d'argent que le Merle ce qui humiliait son orgueil masculin.

Quand il parlait de sa paye, il disait « mon salaire » et quand il parlait de la mienne, c'était « notre argent. »

A partir de ce moment-là, le Merle commença à sortir seul, sans la famille. Je ne savais jamais où il partait. Il me disait qu'il ignorait lui-même où il allait, qu'il se contentait de suivre le groupe de copains avec lesquels il passait son temps.

Le Merle jouait parfaitement les imbéciles, le pas dégourdi qui ne savait jamais rien. Le pire c'est que ça marchait et que cela lui permettait de faire ce qu'il voulait.

À mes demandes d'explications, il répondait : « *Je ne sais pas, je ne me rappelle pas, je n'ai pas de mémoire.* »

Il avait pourtant été un brillant élève à l'école et depuis l'âge de huit ans dévorait des centaines de livres, lisant parfois plusieurs livres par semaine. Il fallait qu'il lise tous les jours : c'était pour lui comme une drogue quotidienne.

Je me suis demandée très souvent à quoi lui servait de lire tous ces livres. Il aurait dû être un véritable érudit avec tout ce qu'il avalait.

Le Merle avait une tactique bien particulière. Il ne tarissait pas de louanges, de compliments sur moi et cela devant tout le monde. Même le dernier des inconnus avait droit au refrain.

Mais, quand nous étions seuls tous les deux, toutes les louanges disparaissaient.

Nous étions souvent plus que des étrangers.

Il était parfois cruel avec moi mais je ne voyais rien. Je l'aimais et on a bien raison de dire que l'amour est aveugle.

Je lui passais tous ces caprices.

Tous ces déballages de compliments mirent la puce à l'oreille à l'une de mes amies qui m'avertit un jour : « *Il chercherait à se forger un alibi qu'il ne s'y prendrait pas autrement !* ».

DEUXIÈME CHAPITRE

Mon enfance, je l'ai passée dans un manoir avec mon frère Jean-Paul, de deux ans mon aîné et ma mère qui régnait sur les cuisines et la basse-cour.

Le manoir était perché sur un promontoire, à mi-hauteur entre la vallée de la Vézère et le plateau de la Barétie.

En bas, la ville de Terrasson s'étendait sur la droite, en face la plaine de la Borie basse et, en toile de fond, de nouveau un plateau : La Pagésie.

Tous les ans, au printemps, à la fonte des neiges, nous regardions les crues successives de la Vézère inondant toute La Borie basse.

Aujourd'hui, cette plaine est couverte d'habitations, de jolies petites maisons neuves. Plus de crue de la Vézère : l'homme est passé par-là. L'homme, cet apprenti sorcier qui croit toujours tout dominer, mais le jour où la nature voudra reprendre ses droits, elle le fera sans demander la permission.

Au bas de la propriété qui entourait le manoir, la ferme des Rivassou, un peu plus loin un abattoir et enfin la Vézère où se dressait le Moulin de l'Os.

Nous allions pêcher au Moulin de l'Os des ablettes et de gros goujons bien gras et dodus. Les égouts de l'abattoir se déversaient dans la Vèzére juste après le Moulin.

Nous coupions des bambous dans la bambouseraie du manoir pour nous fabriquer des cannes à pêche dont nous étions très fiers.

Au printemps 1964, les camions de grains se succédaient pour vider leur chargement en toute hâte avant que la crue de la Vèzére ne leur coupe l'accès au moulin.

Le soir, le moulin était plein de grains et l'eau continua de monter. En pleine nuit, le feu se déclara au moulin.

Les pompiers impuissants ne pouvaient intervenir, le moulin étant entouré d'eau.

Immense incendie au milieu de la nuit. Le moulin brûla pendant plusieurs jours, pour ne laisser d'un tas de ruines noircies. Il ne fut jamais reconstruit.

Un autre incendie de nuit hante mes souvenirs d'enfant.

Le feu ravagea l'immeuble de Madame et Monsieur Sauret les fleuristes. Les deux enfants qui dormaient sous les toits donnèrent l'alerte.

Le bruit des ardoises qui éclataient sous la chaleur du feu les avait réveillés.

Heureusement, il n'y eu pas de victimes là non plus mais l'incendie était tel qu'il éclairait les nuages comme en plein jour.

Nous disposions, Jean-Paul et moi, d'un terrain de jeux immense avec des coteaux tout le tour de la propriété, des grottes un peu partout, des bois, des sources.

Notre territoire s'étendait de l'ouest, à la grotte de Saint Sour, à l'est, à l'hospice. Il se disait plein de choses sur cette grotte.

De temps en temps, j'allais trouver le grand père qui taillait la vigne. « *Pépé, raconte-moi Saint Sour.* »

– « *Marche à côté de moi ; j'ai du travail et écoute ; petite.* »

Saint Sour était un ermite du temps de la Gaule où régnait Childebert II roi des Francs, Pélage II étant le pape de l'époque.

Saint Sour naquit en Auvergne dans les premières années du VIe siècle de parents non moins remarquables par leur piété que par l'éclat de la position qu'ils avaient dans le monde.

Ils instruisirent de bonne heure leur fils des principes de la sainte religion et l'initièrent à la connaissance des lettres.

Il ne tarda pas à laisser voir un goût bien prononcé pour la vie spirituelle.

Il s'était lié d'une étroite amitié avec Cyprien, jeune homme du même âge que lui, de même piété, ayant le même dessein de quitter le monde et de se retirer dans la solitude. Cyprien se fit disciple de Sour.

À cette époque, l'histoire nous présente la Gaule comme un pays où le christianisme était définitivement établi depuis quelques années du fait de la conversion de Clovis et du résultat heureux de la bataille de Vouillé.

Un pays délivré des frayeurs de l'arianisme transporté au-delà des Pyrénées avec la domination des Goths.

Notre saint était parvenu à l'âge que les anciens appelaient « libre » et qui conférait à peu près les mêmes droits que la majorité de nos jours.

Sour ne tarda pas à instruire son ami Cyprien du consentement de son père et de sa mère, et, l'amour divin qui les pressait ne souffrant pas de retard, les deux jeunes prédestinés abandonnèrent tout et quittèrent l'Auvergne.

Leurs pas les conduisirent dans la province du Périgord.

En traversant le Limousin, ils firent la rencontre d'Amand, qui se joignit à eux. Ils furent bientôt unis d'une étroite amitié.

Peu de temps après leur arrivée en Périgord, ils entrèrent au monastère de Genouillac où ils restèrent trois ans.

En quittant Genouillac, ils se retirèrent d'abord en un lieu appelé encore aujourd'hui Peyrelevade tirant son nom d'un autel druidique qu'on y aperçoit.

Quelque temps après, ils quittent donc Peyrelevade et s'en vont dans la direction de soleil couchant.

Saint Sour, profitant du profond sommeil d'Amand et de Cyprien, s'en va de droite et de gauche, explorant le pays, pour s'assurer s'il n'y trouvera pas un lieu où il puisse fixer sa demeure d'ermite.

Bientôt se présenta à sa vue un site tellement retiré qu'il se pouvait qu'aucun mortel n'y ait jamais porté ses pas.

Le saint s'y dirige et le trouve des plus convenables pour satisfaire son but de vie solitaire.

Placé au flan d'une colline, ce site était dominé et protégé par une roche majestueuse auprès de laquelle sortait une source d'eau vive.

Au bas de la colline, se développait une vaste plaine parcourue par une rivière, la Vézère, mal contenue dans son lit.

C'est donc cette grotte que je connais bien puisqu'elle fait partie du terrain de jeux de mon enfance.

Nous pouvons fixer l'arrivée de Saint Sour au rocher de Terrasson entre 525 et 530, sous l'épiscopat de Chronope II, évêque de Périgueux.

Les trois amis se sont alors séparés et Saint Amand vécut non loin de là une période de solitude dans un lieu qui porte encore aujourd'hui son nom : Saint-Amand de Coly.

Saint Cyprien porta ses pas plus loin. Il se fixa sur la rive droite de la Dordogne dans un lieu qui prit également son nom.

Après quatorze années d'une austère réclusion, notre ermite décida enfin de sortir de sa retraite.

À cette époque, vivait Gontran, roi de Bourgogne, très puissant et très saint.

Gontran, petit-fils de Clovis, roi de Bourgogne, qui avait guerroyé contre les Visigoths était atteint de la lèpre.

Un ange lui apparut et lui dit : « *Levez-vous et allez en toute hâte trouver le bon Saint Sour, au pays d'Aquitaine, dans la province du Périgord. Dieu lui a confié le soin de vous guérir.* »

Après un long voyage et de grandes fatigues, Gontran aperçut à l'horizon la grotte de Saint Sour. Il se mit aussitôt à genoux et c'est ainsi qu'il finit son voyage pour arriver près du saint.

Ce dernier se fit apporter de l'eau et la bénit. Il ordonna au roi de s'en laver. À mesure que celui-ci se lavait, la lèpre disparaissait.

Après sa guérison, Gontran voulut qu'à ses propres frais, le saint bâtisse un monastère et un hôpital après son départ.

Grande fut la joie du bon Saint Sour qui accepta l'offre du roi Gontran.

Mais, lorsqu'il fallut choisir l'emplacement pour bâtir le monastère, on fut fort embarrassé : les uns le voulaient ici et les autres là.

Or, le bon Saint Sour avait deux colombes qu'il aimait et faisait manger dans sa main. Il dit : « *Lâchons les deux colombes, qu'elles s'envolent et le monastère sera bâti là où elles se poseront.* »

Les deux colombes, après bien des tours et des détours, se posèrent enfin et tous les spectateurs d'applaudir et de s'écrier « *Terra sunt! Terra sunt!* ». C'est-à-dire : « *A terre, elles sont!* » qui serait à l'origine du nom de Terrasson.

Mais Terrasson pourrait aussi venir de deux mots gaulois : « *terah* » chemin et « *ôn* » fontaine.

Tout ceci est bien joli, mais je trouve que l'histoire manque un peu de Saint Sour ! Des communes portent les noms d'Amand et de Cyprien et notre bon Saint Sour n'aurait pas laissé trace du sien ?

Je me suis inventé ma propre histoire, à force de jouer et de courir sur ces lieux saints. Pourquoi pas « *ter à Sour* », « *terre à Sour* », « T*errasson* » ?

J'aime bien mon histoire... mais elle n'engage que moi !

Nous pouvons fixer la date de la mort de Saint Sour au 1er février de l'an 580 : il était alors âgé de 80 ans.

L'été, des hommes armés de pelles, de pioches et de pinceaux, venaient faire des trous. Nous avions interdiction d'aller sur leur lieu de fouilles.

L'automne venu, les hommes partis, le domaine était de nouveau à nous et nous ne nous en privions pas !

Les grottes, nous les connaissons mieux que ces hommes qui, apparemment, n'avaient pas fait de trouvaille miraculeuse.

Si j'avais dû creuser, ce n'est pas là que je l'aurais fait !

Une petite grotte au-dessus du manoir m'a toujours intriguée.

Son entrée était bien dissimulée derrière une végétation luxuriante d'accès difficile.

Après l'entrée étroite et basse, la grotte s'élargissait un peu : de quoi tenir debout au début et, après quelques mètres, la grotte s'enfonçait dans les entrailles de la terre.

Impossible de descendre sans matériel adéquat. Le sol et les parois étaient couverts d'une très belle terre glaise avec des strates d'un bleu du plus bel effet.

Nous ne nous aventurions pas trop bas car la remontée sans échelle aurait été impossible, les parois étant bien trop glissantes. Une simple corde nous aurait laissés dans le fond qui se poursuivait en un étroit boyau.

L'état dans lequel nous étions en ressortant serait difficile à décrire !

Nous passions par les lacs qui marquaient la limite de la propriété sur le côté sud-ouest. Là, nous nous lavions parfois tout habillés. Un problème se posait toutefois pour le séchage de nos vêtements. Nous nous étions aperçus qu'ils séchaient plus vite sur nous car la température de notre corps faisait évaporer l'eau plus vite. Mais d'une manière comme d'une autre, nous claquions des dents de froid.

Comme les grottes nous étaient interdites, nous préférions rentrer à moitié mouillés et dire que nous avions joué avec l'eau.

Les lacs étaient alimentés par une source.

À moitié enfouie sous la verdure, la source coulait ; des moineaux se querellaient dans les rayons du soleil couchant qui s'infiltraient à travers les grands arbres.

LÉGENDE

Les fées de la source

On raconte que, la nuit, les moineaux querelleurs se transforment en fées. Elles envoûtent les hommes qui passent par le chemin de la source.

Un soir d'hiver Guytou, qui était bossu, son accordéon sur le dos, décida de passer par le chemin de la Source pour rentrer chez lui.

La lune était haute dans le ciel, les étoiles scintillaient et Guytou marchait à grands pas. Il faisait grand bruit, ses sabots heurtaient les pierres du sentier.

Arrivé non loin de la source, il eut un doute : « *Je crois que j'ai bu un peu trop de piquette ce soir, j'entends des chants.* »

Plus il se rapprochait de la source, plus les chants étaient distincts. « *Les fées* », pensa t-il.

Et que vit-il ?

Les fées !

Elles dansaient, légères comme la brume, leurs robes de dentelle en soie blanche ondulaient dans l'air. Leurs longs cheveux bouclés tombaient sur leurs reins, des perles scintillaient à chacun de leurs mouvements.

Elles étaient jeunes et belles.

« *Viens Guytou, viens jouer de ton accordéon pour nous faire danser !* »

Flatté par la demande de si gracieuses demoiselles, il s'exécuta sans se faire prier.

Mais les fées dansèrent et dansèrent toute la nuit et Guytou joua toute la nuit.

Il faisait grand froid, la gelée et les brumes envahissaient tout.

Guytou demanda grâce et voulut rentrer chez lui mais les fées ne l'entendaient pas de cette oreille.

Quand le soleil se leva et qu'il dissipa les brumes, les fées disparurent une à une. Il ne restait que la gelée blanche qui faisait craquer l'herbe sous les pieds, les arbres majestueux couverts de givre, les toiles d'araignées brillant de mille feux.

Guytou, épuisé, rentra chez lui. Il toussa, cracha tout le long du chemin.

Arrivé chez lui, il se coucha. Il avait la fièvre et ne se releva que huit jours plus tard.

Il grommela qu'on ne l'y reprendrait plus à passer par le chemin de la Source !

Mais que vit-il dans le miroir de sa chambre ?

Guytou, le bossu, n'était plus bossu.

A la suite des lacs, coulait la source qui ne tarissait jamais. Elle alimentait le manoir en eau potable et le surplus s'écoulait jusqu'à la ferme des Rivassou. Là, l'eau était retenue dans un petit bassin où les vaches se désaltéraient au sortir de l'étable.

L'eau était toujours aussi fraîche et Marie Rivassou y mettait ses bidons de lait à rafraîchir.

Elle partait tous les matins, après la traite des vaches, avec son vélo et sa petite remorque pour livrer son lait à la ville.

Je ne comprenais pas pourquoi nous ne prenions pas le lait chez elle. Le soir en rentrant de l'école, je devais aller chercher le lait chez Manière, une ferme située sur le plateau et loin du manoir.

Je devais passer près des lacs, traverser un bois et déboucher sur le plateau. Là, j'avais encore une bonne trotte à faire avant d'arriver à la ferme.

Les jours d'hiver, je partais au jour mais je rentrais à la nuit. Je devais attendre la fin de la traite des vaches.

Je refusais toute lampe de poche qu'on me proposait.

La nuit tombée, les hulottes se répondaient. La bonne odeur du sous-bois humide semblait m'accompagner.

Je connaissais tous les trous et les bosses du chemin.

J'aimais ces bois la nuit, ces grands arbres, ils étaient pour moi des amis.

Les difficultés surgissaient quand, la lune drapée de noir, je devais passer sur la digue étroite qui retenait les lacs.

À droite l'eau, à gauche le vide. J'avançais pas à pas avec beaucoup de précautions.

Je ne voulais pas de lampe pour ne pas être vue de loin ou de près. J'avais huit ans et je craignais d'éventuelles mauvaises rencontres. Je marchais sans bruit, à pas feutrés.

Qui aurait pu imaginer qu'une petite fille allait ainsi seule, la nuit, sans lumière, dans les bois. Une lampe m'aurait fait repérer à cent lieux à la ronde. Et je me sentais en symbiose avec cette nature qui n'appartenait qu'à moi à cette heure-là… sauf les jours où mon frère Jean-Paul me disait pour me taquiner : « *Tu vas rencontrer le loup dans le bois et il va te dévorer.* »

Et pourquoi n'y allait-il pas, lui, chercher le lait ?

LÉGENDE

Le loup « Le lébérou »

Victor pressait le pas pour rentrer du grand pré, son faucheron et sa fourche sur l'épaule. Il avait voulu terminer son travail et n'avait pas vu le soir venir.

Nous étions en automne mais il avait mouillé sa chemise à couper les ronces qui envahissaient les bords du grand pré.

Il poussa la porte de sa petite maison. Le feu flambait dans le cantou et éclairait la pièce en faisant de grandes ombres.

La bonne odeur de la soupe au lard le ragaillardit.

Marguerite était en train de tailler le pain dur dans la soupière.

Victor, en accrochant sa musette au clou à droite de la porte, dit : « *Je t'ai rapporté des châtaignes du grand pré.* »

Marguerite trempa la soupe et posa la soupière fumante sur la table.

Victor ouvrit le grand tiroir de la table de ferme, en sortit la tourte de pain et deux poignées de noix.

« *Tu rentres bien tard ce soir* », dit Marguerite.

Victor ne répondit pas.

Il s'assit et sortit son opinel de sa poche.

On n'entendait plus que le feu crépiter et les grands « *slurp* » qu'ils faisaient en mangeant leur soupe. Victor se servit une bonne rasade de vin dans son assiette et fit « chabrol ». Un grand « *ha!* » de satisfaction s'échappa de sa bouche tandis qu'il s'essuyait la moustache d'un revers de manche.

Tout à coup, un grand vacarme venant du poulailler les fit sursauter, le chien aboya. De la bergerie, venaient des bêlements de panique.

Victor et Margueritte entrebâillèrent les volets.

La nuit était tombée et, dans la pénombre, ils aperçurent un énorme loup qui traversait la cour en emportant son butin.

Ils n'osaient pas sortir mais ne purent pas dormir cette nuit-là.

Dès le jour, ils se précipitèrent et ne purent que constater les dégâts.

Le loup avait défoncé les clôtures. Il avait tué cinq poules et emporté la chèvre.

Victor descendit au village pour acheter un piège à loup au forgeron. Le soir, il installa l'engin devant un trou que l'animal avait laissé dans la clôture.

Ce soir-là, Marguerite et Victor se couchèrent et finirent par s'endormir.

Au milieu de la nuit, ils furent réveillés par un terrible hurlement semblant provenir du piège à loup.

À l'aube, Victor s'habilla en toute hâte et sortit pour voir le

piège. Il y avait là une patte de loup sanguinolente, mais point de loup.

Victor mit la patte dans sa poche et suivit les traces de sang que l'animal avait laissées derrière lui.

Les traces se perdaient près de la source.

Victor rentra chez lui, mit sa main dans sa poche et jeta la patte du loup sur la table.

Quelle ne fut pas leur stupeur ! Là, sur la table, il y avait un pied d'homme.

Marguerite poussa un grand cri et se précipita, se saisit du pied en faisant le signe de croix et le jeta dans le feu.

Des flammes bleues crépitèrent comme si on avait jeté du sel.

« *Il faudra faire dire une messe* », dit Victor.

Au-dessus des lacs, un bois touffu poussait sur un terrain très pentu. De grands et beaux arbres bien droits.

Au printemps, des jonquilles fleurissaient dans ces coteaux

J'adorais aller en faire des bouquets.

Je grimpais à l'assaut d'une touffe de fleurs jaunes, puis une autre, puis une autre.

Je montais en m'agrippant aux jeunes arbres et, une fois en haut, la descente me paraissait vertigineuse. .

Je me laissais tomber sur mon postérieur et me voilà partie à toute allure dans une grande glissade, jusqu'au bas du coteau,

les mains pleines de jonquilles.

Il y avait aussi du houx que je coupais quand il était couvert de boules rouges et que je rapportais fièrement à Madame ma mère.

Ce bois était plein de trésors : je savais parfaitement où trouver la plus belle mousse pour la crèche de Noël, les plus belles violettes dans le sous-bois.

Sans aller vers l'horizon

Au pays des arcs-en-ciel
Au pays des vertes collines
Au pays des perles de lumière
Au pays des papillons de couleurs

La forêt embaume le chèvrefeuille
Belles jonquilles jaune vif
Jonquilles où est le printemps
Il est dans les bois et joue à cache-cache

De chaque côté du chemin
S'ouvrent des violettes
Sur les branches du saule
Des chatons de velours doré

Assise sur une souche de châtaignier
Un brin de paille entre les lèvres
Je mettrai ma robe de soie blanche
Pour cueillir les iris bleus.

Le vent qui était parti en voyage
Arrive tout essoufflé
Jouer avec le vent qui me
Caresse tout doucement

Quand tombe le soir violet et rose
Le ciel est éblouissant
Comme de l'argent fondu
Sans aller vers l'horizon.

Sur le flanc est, en partant du manoir pour redescendre à Terrasson, se dressait l'hospice reconverti depuis en maison de retraite.

Il y avait un cordonnier à l'hospice où nous allions faire ressemeler nos souliers et un jardinier qui faisait, avec beaucoup d'amour, un potager tiré au cordeau. Les légumes y étaient toujours très beaux.

Au-dessus de l'hospice, le coteau montait très vite, une vigne, des prés où poussaient une herbe rase et des touffes de figuiers qui faisaient notre régal… quand nous ne nous faisions pas chasser et traiter de galopins, de voyous, de garnements et je ne sais quoi encore. Toutes sortes de petits noms d'oiseaux que ces pauvres vieux nous lançaient pour nous faire fuir.

Mais nous revenions toujours, nous savions que nous courions plus vite qu'eux.

Et les raisins et les figues gorgés de soleil et de sucre nous tentaient toujours : « *Viens, viens !* ». Comment résister à un tel appel ?

Des sources, des cytises, des arbres de Judée et des orchidées sauvages… Toutes ces merveilles que l'on trouve encore aujourd'hui là-bas.

Ce lieu, d'autres gens l'ont trouvé magique à tel point qu'aujourd'hui, il y a, dans ces coteaux, six hectares d'un jardin unique en son genre : « *Les jardins de l'imaginaire* ».

Conçu à l'initiative de Pierre Belmon, cet espace a été créé par Katryn Gustafson.

Quel plaisir de se promener dans le jardin ! Je ne peux résister à celui de vous y emmener.

Un jardin à thèmes, un jardin à conter
Fragment d'histoire des jardins

Par rapport à la complexité de l'histoire des jardins, l'idée forte de Katryn Gustafson a été de décliner dans son projet des modèles culturels différents, fragments d'histoire, de cultures et de mythes universels traités de manière allusive en référence aux éléments constants des jardins de l'humanité.

Le bois sacré

Référence au « bosco sacro » des Gallo-Romains, il évoque la présence des dieux dans la nature. Cinquante clochettes disséminées dans les arbres nous rappellent leur existence. Plus de quatre cents buis sont là pour éloigner le mauvais sort, comme ils le faisaient dans les jardins médicinaux du Moyen-Age.

Cinq fontaines viennent y prendre leur source au pied de cinq grandes pierres gravées où figurent les parcours des cinq fleuves principaux du monde : l'Euphrate, le Nil, le Gange, le Mississipi, l'Amazone.

Le tunnel végétal

Le visiteur enjambe d'abord un caillebotis empli de buis porte-bonheur.

Sous une voûte parfumée, recouverte de houblon, de clématites et de glycines, il passe ensuite dans le monde du rêve et de l'imaginaire.

Les jardins élémentaires

Composés de rhododendrons, d'azalées, de camélias, d'érables, de pieris, de cornouillers, de fougères, ils sont au nombre de quatre, comme les quatre parties des jardins créés par les moines au Moyen-Âge ; une pour se désaltérer, une pour se nourrir, une pour se soigner, une pour la décoration des autels.

En ce qui concerne les fougères, savez-vous que si l'on recueille leur semence, la nuit de la Saint-Jean, à minuit très précisément, on peut être pourvu du don d'invisibilité ?

Au-dessus, sur la partie la plus haute du site, nous découvrons un jardin de mousse, surplombé de petites terrasses de pierre.

Ce jardin sous les mousses, c'est le monde des lutins, des sans-bouche qui se nourrissent des parfums des sous-bois et des vapeurs de l'aurore.

Le théâtre de verdure

Traité de façon très contemporaine avec de simples bancs métalliques légèrement incurvés, le théâtre de verdure est situé à côté de la serre. S'intégrant parfaitement au paysage, il rappelle que les jardins ont souvent été des lieux festifs, de représentation et de théâtre.

Il est ici dans la chênaie, et le chêne a toujours, dans de nombreuses civilisations, joué un rôle symbolique fort sûrement à cause de sa vigueur et de sa longévité. Les Celtes le nommaient « drus » ce qui signifie également arbre, c'est certainement de là que vient le mot druide.

L'axe des vents

Tous les jardins tiennent compte du vent pour leur orientation. De longues et graciles girouettes ponctuent ici l'axe des vents, reliant les jardins à la ville. De leurs mouvements légers, tels des mobiles, ces girouettes orientent visuellement le promeneur et lui permettent de percevoir le sens et le son du vent. « Des clochettes sont installées sur les mâts ».

Les perspectives

Installés sur un terrain en fort dénivelé, les jardins de l'imaginaire, s'ouvrent sur la ville ancienne et nous la font découvrir. En surplomb, de grandes terrasses de bleus, renvoyant à la couleur des toits d'ardoise voisins.

Ces grandes vagues bleues sont complétées de rosiers et de hautes herbes aux plumets blancs qui ondulent en permanence.

Les jardins d'eau

L'eau tient une place très importante dans l'histoire des jardins et... dans les jardins de l'imaginaire où elle accompagne pratiquement toute la « Visite Contée ».

Le canal et le grand bassin symbolisent l'irrigation. Sur ce bassin, des arroseurs agricoles évoquent l'agriculture, tout en créant des arcs-en-ciel.

Une grande cascade divise de jets la forêt en quatre, comme la rivière jaillissant du Paradis divisait le monde. Dans sa quête du paradis perdu, l'homme a organisé des voyages et des expéditions vers l'Ouest, jusqu'au XVIe siècle pour en retrouver la trace.

La Roseraie

Plus de deux mille rosiers viendront progressivement napper une structure en métal, comme une évocation parfumée et colorée des jardins suspendus de Babylone.

Le Chemin des Fontaines

Bordé d'amélanchiers, il met en valeur une série de cascades de plus en plus élevées, retombant sur des escaliers en pierre.
Une collection d'iris domine ce chemin.

L'iris symbolise l'arc-en-ciel, c'est-à-dire le lien entre le ciel et la terre, les dieux et les hommes.

Le Topiaire

Un passage végétal planté d'ifs et de charmes offre une belle perspective sur la ville. Pour les Romains, le « topiaras », le jardinier était un personnage au savoir initiatique puisque, touchant au monde végétal, il touchait au domaine des Dieux.

La pluie qui avait menacé tout le temps de la visite, a commencé à tomber à grosses gouttes. Ouvrons nos parapluies et pressons le pas pour rejoindre la voiture…

Sous la pluie

Viens faire un tour sous la pluie
Viens faire un tour dans ma vie
On sortira les baskets.

Viens faire un tour dans mon cœur
On sautera dans les flaques
Tous les chemins chantent la liberté.

Viens faire un tour dans mes rêves
On marchera sur les mains
Pour voir le monde à l'envers.

Le coteau monte dur jusqu'à une falaise où, à l'époque, une pauvre bicoque, perchée à son sommet nous narguait de sa hauteur.

Un jour, mon frère Jean Paul et moi décidâmes de monter à la petite maison mais pas par la route, le détour en aurait été bien trop long.

Nous privilégiâmes la falaise en son endroit le plus raide, mais le plus court.

Il y avait de minuscules corniches où nous posions nos pieds pour grimper.

Dans les interstices, nous découvrions des quantités de minuscules coquilles d'escargots blancs et vides. Des coquilles blanchies par le temps. Nous n'avions jamais vu ce genre d'escargot vivant, l'espèce devait être disparue depuis longtemps.

J'avais très peur des serpents et je laissais mon frère Jean Paul monter devant moi. À mi-hauteur, le voilà qui se retourne et me crie : « *Un serpent !* ».

Il perd l'équilibre et disparaît dans le vide.

« *Moi ! Toute seule avec un serpent ? Jamais de la vie !* ».

Je n'ai même pas cherché à le voir.

Je me suis retournée face au vide, là où Jean Paul avait disparu. Et tête la première, je me jetai en boule.

Une vive douleur à la tête me stoppa net dans ma chute.

Je venais de rencontrer un malheureux chêne qui avait réussi à enfiler ses racines entre les rochers.

Je levai la tête et ne vis que le tronc. Je ne me suis pas attardée à contempler le feuillage. Je n'étais pas encore en bas de la falaise.

Je pensais à ce serpent qui était sûrement à mes trousses.

Je fis un écart sur le côté droit du chêne et me jetai à nouveau dans le vide.

Je me retrouvais dans l'herbe rase du coteau à un mètre de mon frère.

Sur l'instant, je ne remarquais pas sa pâleur ; j'étais complètement sonnée. La tête me tournait et me faisait mal.

Nous nous sommes relevés sans un mot et avons entrepris de rentrer au manoir.

A l'intersection de la petite route blanche qui descend au manoir, je me rendis compte que Jean Paul se tenait le bras et commençait à gémir. Au fur et à mesure que nous descendions, des larmes coulaient sur ses joues. Puis il poussa des cris de douleur.

A mi-chemin, Madame ma mère qui rentrait de ville nous interpella, alertée par ces hurlements.

« *Jean Paul s'est cassé le bras* » lui ai-je crié.

Le soir, mon frère, le bras dans le plâtre, jouait les vedettes, malgré quelques remontrances.

« *Mais ces enfants me rendront folle !* » disait Madame ma mère.

Moi, assise dans mon coin, je me gardais bien de parler de l'œuf de poule qui m'était poussé sur la tête et de l'essaim d'abeilles qui avaient dû rentrer par une oreille et n'avait pas trouvé la sortie.

Bien plus tard, alors que j'étais mariée avec le père de mes deux premiers fils, j'étais enceinte et, comme la plupart des femmes dans cet état, j'étais malade.

Ce jour-là, il faisait froid. J'avais envie de vomir du matin au soir. J'étais frigorifiée.

J'étais montée voir Madame ma mère au manoir, la cuisinière était allumée. Je m'installai sur une chaise tout près du feu pour me réchauffer.

J'entendis la porte s'ouvrir dans mon dos. Je ne pris pas la peine de me retourner pour voir qui entré dans la pièce.

C'était mon mari!

Il avait trouvé, je ne sais, comment un de ces serpents en plastique qui bougent dès qu'on les touche.

Il ne trouva rien de plus intelligent que de me le poser sur les épaules.

Je me redressai d'un bond en hurlant et me débarrassai de l'animal factice qui tomba au sol.

Quant à mon mari, il reçut ma main en pleine figure.

Quelques heures plus tard, je perdais du sang et me plaignais d'un violent mal de ventre.

Le lendemain, je perdais le bébé.

Le 3 juin 1947, dans la chapelle du château des Milandes, Jo Bouillon passa l'anneau au doigt de Joséphine Baker.

Joséphine Baker avait eu le coup de foudre pour cette demeure – construite en 1489 par François de Caumont, seigneur de Castelnaud et Claude de Cardaillac, son épouse – qu'elle appelait « le château de la belle au bois dormant ».

Lorsque j'avais quatre ans, Jo Bouillon venait parfois au manoir rendre visite à la maîtresse des lieux.

Il passait donc au manoir avec un ou deux de ses musiciens et parfois avec Charles, un jeune frère de Joséphine Baker.

Celui-ci était depuis peu en France. Issu d'un milieu très modeste, il n'avait pas été élevé dans les salons mais ne se déplaisait pas au manoir.

Dès son arrivée, il déboulait dans la cuisine et demandait à Madame ma mère où j'étais.

Il me prenait sur ses genoux et entreprenait de me raconter des histoires, voire des chansons.

Il disait à Madame ma mère : « *Mais pourquoi Pépée ne rit pas ? Ce sont pourtant des histoires qui font rire les petits Américains* ».

Et le voilà qui redoublait de sourires, faisait des tas de grimaces en roulant des yeux.

Ce que personne n'avait compris, c'est que je n'avais jamais vu d'homme de couleur. Il me terrorisait.

Ses larges sourires avec ses grandes dents blanches, ses gros yeux qu'il faisait rouler pour faire le pitre et me faire rire provoquaient l'effet totalement inverse de celui escompté. De plus, Charles avait un accent américain épouvantable. Je ne comprenais pas un strict mot de ce qu'il me racontait.

Le pauvre garçon, j'ai dû bien le décevoir, mais le tableau devait être bien cocasse, lui tout noir, moi toute blonde avec mes anglaises sur les épaules.

Mais pourquoi m'appelait-on Pépée ?

Quand je suis née à la maternité de Clamart, la sage-femme m'a promenée dans tout le service pour me montrer à tout le monde. Paraît il que je ressemblais à une poupée... Ça a quelque peu changé depuis !

Du coup, Madame ma mère ne trouva rien de mieux que de m'appeler « Poupée ».

Pourtant, ma marraine lui avait fait judicieusement remarquer : « *Tu crois vraiment qu'à seize ans, cela lui plaira de se faire appeler « Poupée » devant ses petites copines ?* ».

Et voilà comment ce surnom se transforma en « Pépée »... Ce que je ne trouve pas mieux du reste !

Mais l'histoire ne s'arrête pas là.

Guy, notre amuseur public au manoir, avait vu le film *Pépé le Moko*, un film de gangster qui dévalisait les banques.

Et « Pépé le Moko » est devenu « Pépée la Moka », qui c'est transformé en « La Moka » !

Quand mon frère Jean Paul voulait me taquiner, il me disait :

« *La Moka, les gendarmes te recherchent pour te mettre en prison* ».

Il m'attribuait aussi d'autres petits noms charmants ou des formules toutes faites dont lui seul avait le secret : « Dents de cheval », « Cou de girafe », « T'es folle », « Tu ne feras jamais rien de bon dans la vie », « Tu rateras toujours tout »...

Il avait beaucoup d'humour.

Un jour que j'entrais à l'improviste dans la chambre où je dormais avec Jean Paul et Madame ma mère, je vis mon frère reposer une boîte ronde sur le haut de l'armoire. Il avait quelque chose dans la bouche.

Intriguée, je montai sur une chaise et ouvris la boîte.

Il y avait des bonbons à l'intérieur, de jolis bonbons. Parmi eux, un vert me plaisait tout particulièrement.

Je refermai la boîte et la reposai à mon tour. Je me disais que si je prenais ce bonbon sans la permission de Madame ma mère, cela se verrait sur mon front.

Mais j'eus un sentiment d'injustice : Madame ma mère avait acheté des bonbons, mon frère le savait, elle lui en avait sûrement donné mais pas à moi. J'avais le cœur gros et envie de pleurer.

Quelques jours plus tard, mon frère a annoncé à Madame ma mère que j'avais découvert les bonbons et que j'avais tout mangé. La boîte était bel et bien vide.

Elle me gronda et mon frère de renchérir par derrière :

« *Tu es une voleuse*! ».

J'eus beau protester, Madame ma mère ne me crut pas.

Mon sentiment d'injustice avait triplé. Et surtout, je pensais au gros bonbon vert qui avait disparu dans le ventre de mon frère, avec le reste de la boîte !

Madame ma mère avait souffert en me mettant au monde. L'accouchement avait été difficile, contrairement à celui de mon frère Jean Paul qui s'était bien passé bien qu'il fût l'aîné.

Quand Madame ma mère évoquait devant nous nos venues au monde, mon frère ne manquait jamais l'occasion de me faire remarquer que j'étais méchante puisque, à l'inverse de lui, j'avais fait souffrir notre mère.

Je m'en voulais d'autant plus que Madame ma mère m'avait dit que ma venue n'était pas désirée. Enceinte sans l'avoir voulu, elle avait essayé de se faire avorter.

Je me sentais coupable d'être là.

La réalité n'a pas besoin de prouver qu'elle existe quand on l'oublie, elle se contente de faire mal.

L'hiver, un vieil homme venait au manoir pour tailler les vignes. Ses vêtements étaient usés et rapiécés, leurs couleurs passaient en été pour avoir trop flirté avec le soleil et les gelées des petits matins. Ses mains étaient toutes calleuses et fripées.

J'avais cinq ans, nous nous étions tous les deux pris d'une grande amitié.

Madame ma mère voyait cette amitié d'un mauvais œil. Elle m'interdisait d'aller le rejoindre dans les vignes. Je lui désobéissais à chaque fois que je le pouvais.

Je ne comprenais pas pourquoi cette interdiction et le vieil homme de me dire : « *Il ne faut pas que tu désobéisses à ta maman. Tu es trop petite pour comprendre.* »

Ce vieil homme adorait les enfants, il me parlait de ses petits-enfants qui lui manquaient.

Il habitait les Nicles, le quartier le plus pauvre de la ville avec ses vieilles maisons aux toits d'ardoises, sans aucun confort, autour de l'église.

Les Niclars, comme on les appelait, étaient des gens très pauvres et ils étaient mal considérés par le reste de la population. Même les corbeaux volaient sur le dos pour ne pas voir la misère.

Le grand-père m'apportait souvent des petits bonbons en formes de quartiers d'orange et de citron.

Pourtant, il avait quelque chose de bien plus précieux encore à mes yeux : une montre à gousset en argent qui lui venait de son père. La chaîne pendait sur son gilet de velours marron.

« *Apprends-moi à lire l'heure !* ». « *Tu es trop petite.* »

M G BROTTIER

« *Non je veux apprendre*! »

« *Alors ce soir, quand je partirai, accompagne-moi jusqu'en haut de la côte et je t'apprendrai.* »

Et tous les soirs où je pouvais m'échapper, je l'accompagnais sur le chemin. L'instant où il sortait sa montre de la poche de son gilet me fascinait. Si j'ai su lire l'heure à cinq ans, c'est à ce vieil homme que je le dois.

Les enfants de la plaine et les Niclars se livraient des batailles mémorables.

Moi, je n'avais pas le droit de me mêler ni aux uns ni aux autres.

Aujourd'hui, les Nicles se rénovent et le quartier devient chic. Les vieilles maisons à colombages lui donnent un style moyenâgeux.

En montant par les ruelles et les escaliers, jusqu'à l'église, on passe devant un gisant de pierre qui dort là depuis huit cents ans.

Jean Paul et moi, surtout mon frère, fabriquions des carrioles avec trois planches, deux chevrons et quatre roulements à billes. Et nous voilà partis dans la grande descente de la Barétie !

A l'époque, il n'y avait pas autant de voitures que maintenant, heureusement pour nous car nos engins n'avaient pas de freins et la direction était approximative. Les arrêts se faisaient dans le fossé, la plupart du temps.

Nous descendions à toute vitesse jusqu'à une petite carrière de sable abandonnée à mi-pente.

Là, nous n'allions pas plus loin. Le reste de la descente appartenait aux Niclars, qui eux aussi avaient des carrioles.

Chacun respectait le territoire de l'autre et je n'ai pas eu à livrer bataille.

Là où nous rentrions en concurrence, c'est à l'époque des cerises.

Sur le plateau, il y avait des jardins où poussaient des cerisiers très convoités par les Niclars et nous, d'autant qu'au manoir, on trouvait toutes sortes d'arbres fruitiers, mais pas de cerisiers.

Le soir après le départ des jardiniers, nous allions nous remplir la panse de cerises. Il ne fallait surtout pas se faire prendre. Cela rajoutait encore du goût aux cerises et c'était tout de même meilleur que les branches de sureau que nous fumions !

TES POCHES

Qu'y a-t-il au fond de tes poches ?
Un sac de billes de petit garçon

Un clou pour clouer sur la porte
Des notes de musique qui s'envolent

Une photo jaunie, ton sourire de voyou
Et ta petite gueule d'amour

Un mouchoir troué
Pour sécher tes larmes

Un petit soldat de plomb
La sentinelle du donjon

Un couteau suisse pour
Couper les cheveux en quatre

Un petit galet ramassé sur la plage
Bonjour « sé né galais »

Une poignée de rire que tu jettes par-dessus les
Toits pour le petit garçon qui est encore en toi.

TROISIÈME CHAPITRE

En 1996, le Merle tomba amoureux d'une vache dont il avait vu la photo sur une boîte de camembert.

Nous l'appellerons Cunégonde, ça lui ira très bien !

Cunégonde avait la grâce d'un pachyderme. Elle était alcoolique, fumait comme un pompier, courait après tous les hommes.

C'était une grande dépressive, elle faisait tentative de suicide sur tentative de suicide. Elle avait les bras pleins de cicatrices à force de se taillader les veines.

Elle avait fait plusieurs stages au service psychiatrique à l'hôpital de Niort, une petite merveille dans son genre.

Le Merle en était très amoureux. Je me demande encore ce qu'il lui avait trouvé. Elle était le contraire de moi, c'était peut-être ça ou alors elle avait des talents cachés que je n'avais pas.

Il la considérait comme sa femme et je ne devais pas dire

« Ta maîtresse » ou « Cunégonde ». Il m'obligeait à dire « Ta femme » !

Le Merle a eu le culot de me proposer un ménage à trois, ce que j'ai refusé.

Cette femme me faisait peur. Elle représentait un tel danger pour l'équilibre de ma petite famille.

Le Merle la comparait à une Ferrari. Un jour, je lui ai demandé : « *Et moi, je suis quoi ?* ». « *Toi, tu es une 2 CV* ».

J'ai eu droit à tout un tas d'humiliations de ce genre.

Elle s'accrochait à lui comme la misère sur le pauvre monde.

Elle lui faisait continuellement du chantage au suicide.

Un jour que le Merle était chez elle, ils n'ont rien trouvé de mieux que de faire téléphoner sa fille de douze ans. Le Merle savait ce qu'il faisait, il connaissait ma sensibilité devant un enfant.

Cette petite fille, avec sa petite voix, me suppliait de laisser le Merle à sa maman. Elle ne voulait pas que sa maman retourne à l'hôpital.

Ils avaient branché le haut-parleur du téléphone et j'entendais Cunégonde qui pleurait et le Merle qui la consolait : c'était charmant.

L'épreuve fut terrible. Après avoir raccroché le téléphone, j'ai fait un malaise. Je n'arrivais pas à reprendre ma respiration, tout mon corps me faisait mal.

Je me suis retrouvée aux Urgences. Le choc émotionnel avait eu raison de moi. J'entendais tout le temps la petite voix de la fillette me supplier.

La pire des punitions qu'on peut infliger à une femme qui vous prend votre mari, c'est de le lui laisser. J'aimais le Merle et je n'ai pas su réagir avec un tel sens de l'humour !

Le Merle finit par rompre mais il ne s'est pas privé pour me le faire payer. Cunégonde ne devait pas être la première ni la dernière.

En 1991, il me ramena un condylome, une MST, une maladie sexuellement transmissible. Je ne savais pas ce qu'était un condylome. Il m'a fait croire qu'il s'agissait d'une simple verrue, que cela pouvait arriver de temps en temps à n'importe qui.

En 1992, il décida de se faire faire une vasectomie. Ce moyen radical de contraception pour un homme est irréversible.

Le Merle m'annonça cette intention sans me demander mon avis, malgré mes résistances et mes protestations, je n'ai pas eu le dernier mot. Il avait pris sa décision sans me consulter.

Le Merle me ramena aussi des morpions, charmantes petites bêtes très attachantes, et aussi des boutons sur le sexe, une soi-disant maladie très contagieuse, précisant qu'il avait pu attraper ça n'importe où.

Le problème avec le Merle c'est qu'il attrape toujours tout au niveau du sexe. Et moi, pauvre imbécile, je ne pensais pas à mal... Je gobais tout.

Quand j'ai commencé à avoir des doutes et qu'il devait partir en voyage sans moi – ce qui arrivait souvent – je fouillais son sac discrètement avant son départ.

J'y trouvais toujours des préservatifs. Je lui demandais des explications.

Il me répondait toujours la même chose avec aplomb : « *C'est un coup monté contre moi, ces préservatifs ne sont pas à moi* ».

A force, ma confiance finit par tomber et ma curiosité l'emporta.

Je fouillai la maison et je trouvai sous la charpente d'une de nos dépendances, une boîte en plastique hermétique contenant des préservatifs et un tube de lubrifiant.

Je lui ai demandé des explications. Il s'est mis très en colère et est devenu menaçant.

Le Merle faisait du kayak. Un jour, j'ai remarqué sur le trousseau de clefs du club, qu'il y avait deux clefs de trop. Une très longue et plate (je n'avais jamais vu ce genre de clef auparavant) et une autre, petite.

Je lui ai parlé de ces clefs et, bizarrement, elles ont disparu sur le champ. Le lendemain, il alla même jusqu'à nier leur existence.

Comme je commençais à avoir un certain nombre d'éléments contre lui, il se mit à prétendre que j'avais des hallucinations, que je délirais. Il devenait vraiment menaçant.

Qui veut noyer son chien dit que c'est un poisson !

Le Merle ne savait pas planter un clou quand je l'ai connu. Je lui ai appris à bricoler. Le bricolage s'est transformé en rénovation d'une vieille maison.

J'ai touché à presque tout, depuis les plans qui n'étaient pas réalisables et que j'ai dû refaire moi-même – bravo, monsieur l'architecte ! – jusqu'aux tuiles que j'ai montées sur le toit, en passant par les tranchées creusées à la pelle, à la pioche et à la barre à mine pour desceller les grosses pierres.

Je n'ai pas touché à l'isolation car j étais allergique à la mousse de polyuréthane. Concernant le plâtre, je n'y suis jamais arrivée : c'était soit trop mou, soit trop dur. Crépir ? Non… j'en mets plus par terre que sur le mur !

Sinon, toute la décoration, la tapisserie, la peinture ont été pour moi.

Je repassais tous les ans les portes et les volets de la maison à la lasure. Le Merle ne savait pas travailler sans moi. Pour le jardin, ce fut quasi la même chose : le Merle passait le motoculteur et moi je semais, je récoltais les légumes et je faisais les conserves.

J'étais quelqu'un de très active.

Comme nous étions cinq à la maison, je faisais tout un tas de choses : les courses, la cuisine, le lavage, le repassage, le ménage, les câlins aux enfants.

J'avais un mari cuisinier mais qui ne touchait pas à une casserole à la maison, sauf quand nous recevions du monde. Il soignait alors son image de marque. Là, il manipulait les ustensiles de cuisine et s'arrangeait pour le montrer. Toute la gente féminine de nos invités papillonnait autour de lui et lui demandait : « *Comment tu fais ceci ? Comment tu fais cela ?* » Lui ne tarissait pas d'explications, alors qu'à moi il n'avait jamais rien appris ni expliqué ! C'était vraiment un autre personnage.

Il était très difficile et exigeant. Il ne voulait ni surgelés ni conserves, à part celles que je faisais.

J'étais présidente d'associations, vice-présidente du foyer rural, trésorière d'une autre association.J'ai ouvert un centre de loisirs pour enfants, fait partie d'un groupe de réflexion à l'Aide sociale à l'enfance.

Je participais aux groupes info Ressources Humaines du Conseil général.

Je faisais de la peinture sur soie, sur tissu, des compositions florales, toutes sortes de bricolage dans un club local. J'adorais ça.

Les choses ont changé insidieusement. Je me sentais de plus en plus fatiguée. Je ne m'en rendais pas compte mais je m'allongeais très souvent sur le canapé du salon et je ne regardais plus la télévision.

Le Merle décréta que j'étais devenue fainéante sans autre forme de procès. Il me faisait des reproches, sans pour autant s'inquiéter de ce changement qui ne me ressemblait pas.

Sur les conseils de mon médecin, j'ai consulté un neurologue. Le verdict tomba comme un couperet : « PARKINSON ». J'étais atteinte de la maladie de Parkinson !

Les premiers temps, je n'ai pas réalisé l'importance d'une telle maladie, mais, plus tard, après avoir cherché quelques renseignements, je me suis rendue compte que la vie venait de me faire un sale cadeau. « *Pourquoi moi ?* »

Je veux vivre

Demain est le premier jour
Du temps qu'il me reste à vivre
J'ai semé le mot demain
Et il n'a pas poussé.

Dieu ne peux-tu pas m'oublier
Dans tes colères
Je sais ce que tu me réserves
Je te déteste.

Je veux aimer
Je veux vivre
Je veux être aimée
Je veux brûler le temps

Le temps qu'il me reste
« Ô temps suspends ton vol »
Courir après le temps
Arrêter les aiguilles de l'horloge

Le temps d'un battement d'ailes de mésange
Pour que le temps se souvienne !
J'ai semé le mot demain
Et il ne poussera pas.

Le Merle était très généreux, mais essentiellement avec lui-même.

Lors de notre mariage, la noce avait été entièrement à notre charge. De mon côté, je n'avais plus de parents. Quant aux siens, ils s'étaient contentés de jouer les invités, sans plus.

Au moment d'acheter les alliances, lui en voulait une très belle toute ciselée. Cela représentait tout le budget qui nous restait. On aurait pu en acheter deux, mais à condition qu'elles soient simples, ordinaires.

J'ai cédé à sa demande et il a eu son alliance. Moi je n'ai rien eu. Il avait trouvé la solution : « *Tu n'auras qu'à porter l'alliance de ton ex.* »

Je pensais naïvement qu'il m'en achèterait une dès que cela serait possible, pour moi la question ne se posait même pas. J'ai attendu cette alliance vingt et un ans, elle n'est jamais venue.

Lors de nos dix ans de mariage, nous avons fait une grande fête. Nous n'étions pas dans le besoin. J'ai pensé que j'allais enfin l'avoir cette alliance.

Je savais qu'il voulait une autre perceuse plus performante que celle qu'il avait. Je lui ai donc acheté sa perceuse… et lui m'a offert un pichet à 180 francs.

Je n'avais droit qu'à trois cadeaux par an : à Noël, pour la Fête des mères et pour mon anniversaire. Mon dernier cadeau de la Fête des mères lui a coûté 59 francs.

Deux années de suite, pour mon anniversaire, il m'a offert douze serviettes de table blanches. Je n'ai pas vraiment trouvé ça terrible. Le pire, c'est que je devais dire merci et avec le sourire, en plus !

Je n'étais pas la seule dans le panier. Le Merle trouvait normal de ne pas être présent pour l'anniversaire de son fils unique lorsque celui-ci était petit. Il préférait sortir avec les copains.

Je lui ai mené une guerre acharnée pour qu'il soit présent ce jour-là.

Avec des amis dont la fille avait deux jours de plus que notre fils, nous avions décidé de fêter les anniversaires ensemble, une année chez l'un, l'année suivante chez l'autre, ce qui obligeait le Merle à être présent. Il n'osait pas trop montrer son vrai visage devant nos amis.

Pour l'anniversaire de mon petit-fils, il n'était pas là. Encore une sortie avec des copains !

Il n'avait aucun respect ni sens de la famille. Il ne pensait qu'à lui et toujours lui. Le pire c'est qu'il se plaignait tout le temps. Il n'était jamais satisfait des sacrifices que nous faisions pour lui. Il en voulait toujours plus.

De 1999 à 2001, notre fils Ludovic a suivi des études en BTS à Rochefort. J'ai pris en charge avec mon salaire la totalité de ses frais de scolarité, soit 100 000 francs sur deux ans.

Le Merle, pour la même période, a déboursé pour son fils 2 000 francs.

Et, toujours durant cette même période, le Merle s'est offert un voyage en Tanzanie, privant le reste de la famille de vacances d'été pour pouvoir se payer son voyage.

J'ai un défaut, j'ai une âme trop généreuse. Je faisais des cadeaux au Merle toute l'année ce qui ne l'empêchait pas de se plaindre continuellement.

Le Merle avait un atelier et un vestiaire où rien ne faisait défaut. Je ne savais plus quoi lui acheter, il avait tout. Pourtant, je préférais me priver pour que les enfants et lui ne manquent de rien.

Nous habitions à proximité de la ville de Saint-Maixent-l'École, au cœur du Haut Val de Sèvre.

La ville a été fondée dès le Ve siècle par le moine Agapit.

Ses anciennes rues, ses vieilles demeures moyenâgeuses, sa magnifique abbatiale et son abbaye méritent l'intérêt du visiteur.

Patrie de Denfert-Rochereau, la ville bénéficie d'une longue histoire militaire. Son école forme aujourd'hui les sous-officiers de l'armée française.

Née en 1122 et décédée en 1204, Aliénor d'Aquitaine était à l'âge de quinze ans, comtesse du Poitou – le plus puissant des états féodaux du Royaume. Sa cour était peuplée de poètes et de troubadours qui ont peut-être chanté sur leurs violes nos plus anciennes chansons

Aliénor se remaria (hélas !) avec Henri de Plantagenêt et tout son domaine – qui était le nôtre – tomba entre les mains des Anglais. Pour qu'il revienne à la couronne de France, il ne fallut pas moins de deux guerres de Cent Ans.

En 1229, Blanche de Castille séjourna à Saint-Maixent avec son fils aîné, le futur Saint Louis, alors âgé de quinze ans. Veuve de Louis VIII, elle voulut continuer l'œuvre de pacification de son mari. À cet effet, à la place de l'école des filles, elle fit construire un grand édifice hospitalier destiné à recevoir les filles seules et les femmes pauvres qui allaient avoir un enfant.

La terre trembla, le 26 février 1579.

En 1581, trois compagnies de Monsieur de Lancôme arrivèrent à Saint-Maixent et cantonnèrent au bourg Châlon, rançonnant la population en argent et en nourriture.

Le 29 avril de la même année, un faux monnayeur fut brûlé devant la tour Chabot.

Pendant ces guerres, le futur Henri IV a gardé son quartier général à Saint-Maixent, ce qui conférait à la ville une importance que voulaient également lui donner les autorités royales, c'est-à-dire catholiques.

Le 26 juillet 1583, une sorcière, Jeanne Pellelard dite la Riberesse, fut brûlée en place publique. Trois jours après, on y brûlait un sorcier nommé Paitrault.

En septembre 1583, survint une épidémie de peste faisant de nombreux morts.

En 1585, guerre entre les protestants et la ligue : Agrippa d'Aubigné arriva à Saint-Maixent où il représentait le roi de Navarre.

En 1587, ce dernier assiégea et prit la ville. Il laissa aux catholiques la liberté de culte.

En 1599, construction du premier temple protestant à Saint-Maixent lequel sera démoli le 17 avril 1685, à la suite de la révocation de l'Edit de Nantes.

En 1880, c'est le château qui fut rasé.

Si vous passez à Saint-Maixent, n'oubliez pas d'aller vous promener au Puits d'Enfer, muni d'une d'une bonne paire de chaussures.

Ce site pittoresque, classé depuis 1927, a été souvent décrit, souvent chanté.

La rivière, le Rabanier, formée par de petits ruisseaux, suit une vallée profonde qui s'est enfoncée dans le schiste usant le calcaire qui le recouvrait.

Les entassements de rochers, le grondement de la cascade et les cascatelles, les jeux de lumière et l'eau évoquent le Massif Central.

Le ruisseau est capable, après les grandes pluies, de se transformer en un rapide torrent qui se décharge sur la partie méridionale de la commune de Nanteuil.

Mais, la plupart du temps, il s'agit d'un tranquille cours d'eau dont les bords se fleurissent de scabieuses.

Au printemps, à travers les touffes de genêts d'or d'un étroit sentier, l'été, ou encore lorsque l'automne dore les paysages, la promenade est pleine de charme. Elle n'est pas dépourvue de poétiques couverts et d'abris discrets, chers aux amoureux.

LA LÉGENDE DU PUITS D ENFER

Peut-être aux environs de l'an 1 000, un brave paysan d'Exireuil possédant des prairies à Nanteuil vint jeter un coup d'œil sur le champ qu'il avait fauché la veille.

L'herbe était belle et bien sèche, elle serait d'un bon profit pour les bêtes et pour la vente.

Mais voici qu'à l'horizon apparut un nuage noir, présageant l'orage. C'était le jour du seigneur, un dimanche matin, juste avant la messe. Allait-il ainsi perdre toute la récompense de son travail ? Non impossible !

Voilà notre homme revenant en hâte à l'écurie, attelant précipitamment ses bœufs.

Or, pour aller de sa ferme à son pâturage, il lui fallait traverser le ruisseau du Puits d'Enfer au-dessus de la chute et les eaux étaient encore grandes.

Le voyage aller se passa fort bien, le chargement aussi.

Au retour, le soleil avait disparu sans avoir eu le temps de sécher toutes les gouttes d'eau sur les rochers. L'un des bœufs glissa entraînant l'autre animal, le char, la récolte et le brave paysan.

Le tout tomba dans le Puits d'Enfer et personne ne les revit jamais.

PARKINSON : maladie de Parkinson, syndrome extra pyramidal touchant les « Cellules pyramidales : cellules nerveuses, siége de la motricité ».

Si l'origine de la maladie est inconnue, cette dernière est due à la destruction de la dopamine. C'est le système nerveux central qui est touché.

Maladie évolutive et invalidante… pourquoi faire simple quand on peut faire compliquer ? À ne pas confondre avec la maladie d'Alzheimer car le malade atteint de la maladie de Parkinson reste lucide et ne délire pas.

Cette maladie est très complexe, il n'y a pas deux malades identiques, là est la difficulté pour trouver le bon médicament (en principe la *L Dopa*) et les doses à administrer.

Seules la confiance et la complicité entre le neurologue et le malade peuvent être efficaces.

Pour le commun des mortels, la maladie de Parkinson, ce sont des tremblements, voire « sucrer les fraises », point !

Le tremblement est en fait l'un des multiples symptômes de la maladie. Ainsi, moi par exemple, je ne tremble pas et ne tremblerai peut-être jamais.

« Vous savez pourquoi les Parkinsoniens tremblent ?

Et bien c'est qu'ils ont peur de devenir riches ! Moi je n'ai pas peur de devenir riche, alors je ne tremble pas ! Hi hi hi… »

Bon soyons sérieux.

Le cerveau donne des ordres et le corps a de plus en plus de mal à les exécuter.

Les muscles et les articulations deviennent de plus en plus rigides et les mouvements sont plus lents.

Il faut faire des efforts pénibles pour exécuter la moindre tâche, parfois bien anodine.

Il y a aussi les douleurs qui s'installent sans demander la permission sur un membre et ne le quittent plus. Rien ne calme cette douleur qui est très particulière et indéfinissable.

Elle ressemble à des contractures musculaires accompagnées d'une sensation de brûlure qui empoissonne l'existence et provoque bien des insomnies. Il y a les temps « *off* » et les « *on* » : soit je suis branchée, soit je ne le suis pas.

Quand je suis « *off* », j'ai l'impression d'être rouillée, dans un état d'épuisement total.

Je joue au yo-yo entre les périodes où je dors quinze heures par jour et celles où je ne dors que cinq heures. Je ne contrôle rien, c'est Parkinson qui commande. À présent, je ne prends plus de somnifères : ils sont totalement inefficaces.

Ce qui est très invalidant, ce sont les crises de très grande fatigue qui mènent jusqu'à l'épuisement : impossible de lutter.

Je ne peux alors que m'allonger sur mon lit et attendre en pensant que, peut-être, demain, ça ira mieux.

Selon les traitements, je développe des œdèmes des membres inférieurs. Sous *L Dopa*, je dois surveiller mon alimentation, baisser mes quantités de protéines, car elles entrent en concurrence avec le médicament et le rendent moins efficace.

Je me suis toujours demandée pourquoi les lits des hôpitaux étaient si hauts. Maintenant, j'ai compris !

La nuit, la maladie me cloue sur le dos et j'ai un mal fou à me lever. J'ai fait mettre des pieds de lit de soixante-dix centimètres de haut, de manière à ce que, lorsque mes pieds touchent le sol, je me retrouve debout.

Cette charmante saleté ne se guérit pas et je sais ce qui m'attend. Un jour, je ne pourrai plus m'habiller seule et j'aurai tout ce qui va avec.

La partie de mon corps le plus touchée, ce sont mes jambes.

Il y a de grandes chances que je finisse dans un fauteuil roulant. *Quelle chance je vais faire des économies de chaussures*!

Au début, je n'acceptais pas l'idée du fauteuil. Pour moi, me retrouver dans un fauteuil équivalait à la mort.

Je suis allée à l'Association des Paralysés de France pour exorciser ma peur. La première fois que j'ai poussé un handicapé dans son fauteuil, j'ai dû me réfugier dans ma voiture et j'ai fait un malaise.

Mais je me suis rendue compte que les gens en fauteuil étaient des hommes et des femmes comme tout le monde, qu'ils étaient formidables et admirables!

Ils m'ont donné une grande leçon d'humilité. Grâce à eux, je sais aujourd'hui que, si un jour je me retrouve dans un fauteuil, je l'accepterai.

Parkinson a vraiment beaucoup d'imagination et est capable d'inventer tout une kyrielle de symptômes que je ne peux décrire ici… Il y en a trop.

Quand je suis trop mal, je pleure et j'insulte Parkinson!

Je vois le temps qui passe et mes capacités diminuer.

J'enrage mais je n'y peux rien malheureusement.

La souffrance ne peut pas se mesurer, elle se vit.

Extraits de mon cahier intime

Jeudi 5 janvier 1995.

J'ai besoin d'écrire, il faut que j'écrive, sinon je ne tiendrai jamais le coup.

Nous sommes partis en Corrèze chez mon amie Lolita pour le réveillon du 31 décembre.

La veille de partir, j'avais commencé de tapisser la chambre de mon fils Ludovic. J'ai fait mes valises très tard. Avec le repas du soir à préparer, à vingt et une heures j'étais encore en train de ranger vêtements et autres pour le départ. Pendant ce temps, le Merle était assis devant la télévision.

J'étais épuisée. J'ai pris une douche mais ne me suis pas lavé les cheveux avant de me coucher, réservant cette opération pour le lendemain matin.

Il y avait la voiture à charger. C'est le travail du Merle habituellement mais j'ai dû passer derrière lui car il avait oublié un tas de choses.

Nous voilà partis. C'est toujours moi qui conduis. Nous avions quatre heures et demi de route.

J'ai vu une clef de mécanicien sur le tableau de bord de la voiture. Il l'avait soi disant cherché partout. Je lui avais pourtant dit qu'à ma connaissance, la dernière fois qu'il s'en était servi, c'était dans la voiture.

« *Regarde elle doit y être* » avais-je insisté.

Il me répondit alors qu'il avait fouillé la voiture et qu'elle n'y était pas, que c'était encore un coup monté contre lui.

J'avais les cheveux mouillés. Le 26 décembre, il ne fait pas très chaud, j'ai donc mis le chauffage en marche.

Il l'a éteint tout de suite, me disant que, lui, il avait chaud. Je l'ai rallumé, il a ouvert sa fenêtre toute grande. Je lui ai proposé, en toute logique, qu'il ôte son pull ce qu'il a refusé en m'envoyant promener.

J'avais froid. J'ai arrêté la voiture, remis mon manteau et mes gants. Dire que j'étais à l'aise pour conduire, ça non ! Mais j'avais vraiment trop froid.

Ma portière fermait mal mais elle restait crochetée. Le Merle trouva ce nouveau prétexte pour crier, me disant que je ne savais pas fermer une porte. Il cria ainsi pendant soixante kilomètres, jusqu'à ce qu'enfin, épuisée par ses jérémiades insultantes, j'arrête la voiture. Je lui ai demandé de me laisser conduire tranquillement d'autant que j'avais la vie de cinq personnes entre les mains.

Il s'est enfin tu. Ce n'était pas trop tôt !

Arrivés à Brive, il nous fallait traverser toute la ville. La circulation était dense, les feux tricolores nombreux et très longs.

Je me suis aperçue que ma voiture chauffait, l'aiguille montait vers le rouge à l'arrêt. Je décidais donc de couper mon moteur lors des attentes aux feux rouges.

Le Merle s'aperçut de mon manège. Je lui dis que mon ventilateur ne se mettait pas en marche, que je ne l'entendais pas se déclencher et que j'avais déjà rencontré ce problème. Il commença, une nouvelle fois, à faire des réflexions désagréables, prétendant que mon aiguille fonctionnait mal. Pourtant il pleuvait et mon capot fumait. Pas celui des autres voitures !

« *Tu n'y connais rien ! Elle est fausse ton aiguille, tout comme celle de ma voiture.* »

Je lui faisais remarquer que mon capot de voiture fumait, lui rétorquait que ce n'était pas vrai... Et pourtant, il y avait bien de la fumée !

Je finis par arriver chez mon amie Lolita et il se calma.

J'ai de jolies jambes et il aime que je les montre. Pour lui faire plaisir, je m'étais donc acheté une petite jupe noire assez courte et un joli chemisier brodé dans les tons pastels.

Ce chemisier sentait le pétrole et je l'avais lavé mais il avait tellement rétréci que je ne pouvais pas le mettre.

Je demandais à Lolita si elle n'avait pas quelque chose à me prêter. Elle me proposa un très beau chemisier noir qui allait très bien avec ma petite jupe.

Nous avons fait des essayages et je suis allée me montrer au Merle espérant qu'il trouverait cela joli et que ça le dériderait.

Il me dit que c'était moche, que c'était noir, qu'il n'aimait pas le noir, que je l'avais fais exprès pour le faire « chier » (c'est un mot qu'il emploie très souvent).

Nous décidâmes alors, Lolita et moi, d'aller, sous une pluie battante, faire un peu de shopping, tout ça pour me trouver autre chose susceptible de lui faire plaisir.

J'achetai une tunique rose et un petit gilet avec des perles. Je montrai mes achats au Merle qui lisait sur le canapé. Je me disais qu'il allait enfin être content. Il leva la tête me regarda et remis le nez dans son livre sans un mot.

Nous sommes partis pour le réveillon, il y avait une heure de route.

La salle était pleine de monde, nous tous, famille et amis, étions une trentaine à notre table.

À table, je me suis assise à la droite du Merle. Après l'apéritif, nous avions des huîtres. Le Merle servit du vin blanc à tout son entourage, sauf à moi.

J'ai fait une nouvelle tentative pour établir le dialogue entre nous. Je lui proposais mes huîtres : je sais qu'il les adore. Il refusa.

Les autres lui parlaient gentiment, lui ne répondait pas. Ils ont pensé qu'il était malade.

Je lui demandais de venir danser, il n'a pas voulu.

On a chanté, tapé dans nos mains, fait la *ola*... enfin toutes ces choses habituelles pour s'amuser dans ces cas-là. Lui, il restait assis, la tête baissée et ne participait à rien.

Je faisais de nombreuses tentatives pour le détendre, je lui parlais gentiment. Rien n'y a fait.

À minuit, le Merle s'est tourné vers son voisin de gauche et lui a souhaité une bonne année. À moi rien... Là, j'avoue que j'ai baissé les bras.

Il est parti avant le fromage et le dessert.

On dit que l'amour est aveugle, je pense que c'est ce qui m'a empêché de le voir tel qu'il est et de toujours tout lui pardonner. Il n'aime que lui. J'ai toujours l'impression avec lui d'être coupable de quelque chose.

Le lendemain, quand je me suis réveillée, j'ai entendu des pleurs qui venait de la cuisine, c'était le Merle qui pleurait dans les jupes de Lolita.

Il s'excusait auprès d'elle de lui avoir gâché sa soirée et se plaignait que je n'étais pas gentille avec lui. Lolita lui a rappelé que nous avions passé l'après midi sous la pluie pour que je puisse acheter quelque chose susceptible de lui plaire.

Le Merle lui a répondu que j'avais une jupe noire et qu'il n'aimait pas le noir. Lolita lui a fait remarquer que le noir c'était très chic pour un réveillon.

Il reprit l'argument déjà connu : je l'avais fais exprès pour le faire « chier ».

À moi, il ne fit pas d'excuses. En revanche, il me dit être rentré à toute allure, qu'il n'avait pas mis sa ceinture et que s'il s'était tué en voiture, cela aurait été de ma faute. L'ambiance pour le retour fut aussi exécrable qu'à l'aller, sinon pire. J'ai emmené ma voiture chez le mécanicien en rentrant. Il a changé le relais qui était défectueux.

Au retour de vacances d'été, alors que ma maladie était déjà déclarée depuis un certain temps, j'ai conduit les cinq heures de route comme d'habitude.

Arrivée à la maison, j'étais déjà très fatiguée.

Le Merle a descendu les bagages de la voiture, il s'est installé devant la télévision et n'en a plus bougé jusqu'au moment où il est venu se mettre les pieds sous la table.

Pendant ce temps, j'ai défait les bagages, rangé dans les armoires nos vêtements propres, fait tourner trois fois la machine à laver, étendu au fur et à mesure le linge que j'en sortais et préparé le dîner.

J'étais épuisée. J'ai mangé et suis allée me coucher tandis que le Merle s'installait de nouveau devant la télévision.

Le lendemain, quand j'ai voulu me lever, la tête me tournait, je n'avais plus aucune force. Je me suis obligée à me lever mais je n'ai pu que m'allonger sur le canapé. Je n'avais même pas la force d'ouvrir les yeux.

À midi, j'ai entendu un bruit de casseroles qui venaient de la cuisine. Une bonne odeur de nourriture me chatouillait les narines.

Je me suis dit : « *Quelle chance ! Il s'est rendu compte que je ne pouvais pas assurer le repas et il a pris l'initiative de le faire.* ». Je l'en remerciai mentalement.

Puis, j'entendis un bruit de fourchettes dans les assiettes. La curiosité me fit me diriger vers la cuisine.

Ils étaient tous attablés et mangeaient ; je constatai que mon couvert n'avait pas été mis. Décontenancée, je retournai m'allonger sur le canapé sans rien dire. Je n'avais pas la force de discuter de quoi que se soit.

Un chagrin immense m'envahit. Je me suis posé de nombreuses questions, mon moral venait dans prendre un sacré coup.

« *Que va-t-il m'arriver lorsque je ne pourrai plus rien assumer ?* ».

« *S'il est capable de faire ça aujourd'hui, de quoi peut-il être capable quand je serai invalide ?* ».

L'avenir avec cet homme me faisait peur.

Une angoisse terrible me secoua et me rendit encore plus vulnérable que jamais.

« *Comment faire pour me protéger de lui et de sa cruauté ?* ».

Je ne pouvais demander de l'aide à personne qui m'aurait crue. Il jouait tellement bien la comédie du mari attentionné devant le monde.

Nous habitions une petite commune fort dynamique, Azay-Le-Brûlé, à quelques kilomètres de Saint-Maixent-l'École.

Sur la commune, il y a une petite église romane très simple avec un beau portail et son prieuré. Dans l'ancienne cure, coté Nord, les restes d'un cloître du XVIIe siècle.

Ce cloître est en très mauvais état mais ses restes évoquent sans peine la splendeur qui devait être la sienne. À mes yeux, c'est un petit bijou.

Un soir d'été, nous avons organisé un concert de musique classique, dans ce lieu qui inspire la paix et le recueillement.

Cette soirée reste gravée dans ma mémoire d'une façon indélébile.

Le Pont romain, autre petite merveille du territoire de la commune, est construit sur la voie romaine qui mène de Jard-sur-mer à Poitiers.

A l'époque de Rome la magnifique, il ne devait s'agir que d'un pont en bois. Aujourd'hui, le temps et l'histoire nous ont fait cadeau d'un pont de pierre.

Ce pont était enfoui sous la végétation, laissé à l'abandon et commençait à bien se démolir.

La municipalité décida de le rénover.

Les compagnons du Tour de France eurent la charge d'encadrer le chantier d'insertion mis en œuvre pour le reconstruire avec les pierres retrouvées sur place.

A l'époque, je faisais partie du comité des fêtes.

Nous avons organisé une grande fête de trois jours pour sa rénovation. Nous avions installé une scène à coté du pont et le coteau en forme d'amphithéâtre accueillait les spectateurs.

Aujourd'hui, les promeneurs viennent se ressourcer à son calme et le dimanche, les familles y pique-niquer.

La légende raconte que la fée Mélusine venait, il y a bien longtemps, s'y promener.

MÉLUSINE

Mélusine était la fille d'un roi scythe à laquelle un mauvais sort avait été jeté.

Un jour, Mélusine se baignait dans la source avec ses compagnes, au bord de la Vonne. Une grande et belle forêt alentour invitait les jeunes seigneurs à chasser les sangliers. L'un d'eux, Raymondin, tua par mégarde son oncle. Inconsolable, il errait dans les bois quand il vit près de la source la si belle dame qui lui manda le pourquoi d'un tel chagrin. Raymondin lui conta sa triste aventure et Mélusine lui promit d'apaiser cette douleur et de le rendre heureux et puissant. Séduit, quelques jours après, il l'épousa.

Les fêtes au château furent bien belles mais Mélusine avait demandé à Raymondin de lui faire une promesse : ne jamais essayer de la voir, chaque samedi, car elle devait rester solitaire ce jour-là.

Raymondin promit. Mais au bout de plusieurs années, son frère ayant attisé sa jalousie devant ces absences bizarres, il n'y put tenir et il viola le secret.

Que vit-il alors ? Mélusine se baignait dans une vasque de marbre vert. Elle avait un buste de femme mais son corps se terminait en queue de serpent. Il poussa un grand cri. Mélusine lui répondit et, des ailes lui ayant poussé, s'envola par la fenêtre.

Elle avait eu dix fils dit-on. Tous avaient une tare physique particulière sur le visage. Devenue errante, elle leur apprenait vengeance et méchanceté. Mais ils ne furent pas tous si mauvais puisqu'ils fondèrent la grande famille des Lusignan. On raconte qu'elle construisait la nuit des châteaux, mais son œuvre de bâtisseur fut maudite : « Chateaumur, Vouvant, Pouzauge et Mervent s'en vont d'une pierre par an »…

Je me suis autorisée à écrire un poème sur le pont Romain

UNE ARCHE SOUS LES RONCES

Un jour sur la route du sel
Un homme solitaire marchait
Il trébucha sur une pierre
Se baissa et la ramassa
Il fit quelques pas et de
Nouveau trébucha sur une pierre
Comme le soleil était au zénith
Il vit un ruisseau qui lui dit
« Viens, viens te rafraîchir »
L'homme se fraya un passage
Entre herbes et ronces
Et là que vit-il ?
Une arche les pieds dans
L'eau fraîche et limpide
Dont la tête disparaissait dans
Les bras de dame Verdure
L'homme reprit son chemin
Rencontra un autre homme à qui
Il raconta sa trouvaille et
L'homme de lui répondre
« Moi j'ai vu deux arches »

Une chèvre qui broutait non
Loin de là les interpella
« Moi j'ai vu trois arches »
Hommes ignorants il y a longtemps
Que je le connais votre pont
Le temps et la nature ne l'ont pas épargné »
Les deux hommes se retroussèrent les manches
La rumeur fut grande et
Fit venir d'autres hommes et
C'est ainsi qu'au crépuscule
De notre siècle on vit
Qu'un matin à l'aube
Tel le phénix le pont romain
Revit le jour.

En 1999, l'horreur s'abattit dans ma maison. Un cauchemar que je ne souhaite à personne de vivre.

Un dimanche matin, le Merle se leva, comme d'habitude, avant moi.

Je l'entendis se diriger vers la chambre de Romuald, un enfant de l'Aide sociale à l'enfance dont j'avais la garde.

J'ai pensé qu'il allait lui dire bonjour.

D'habitude, je traîne un peu au lit le dimanche matin. Ce matin-là, je me suis levée et dirigée vers la chambre de

Romuald pour lui faire mon bisou matinal.

La porte de sa chambre était restée entrouverte.

Je fus saisie d'effroi au spectacle que j'avais devant les yeux.

Le Merle faisait des attouchements sexuels à l'enfant.

S'apercevant de ma présence, il sortit de la chambre en passant devant sans un mot. Je ne sais pas combien de temps j'ai pu rester figée sur place, j'étais paralysée.

Quand je suis descendue, le Merle était tranquillement installé devant son petit déjeuner !

Je m'assis à la table. Mes jambes ne me portaient plus.

J'ai combattu ce genre d'horreur toute ma vie. C'était mon cheval de bataille et je découvrais ça dans ma maison, sous mon toit. Des actes ignobles commis par l'homme avec lequel je partageais ma vie depuis vingt-trois ans !

Les paroles sont tombées, dures et cinglantes. Le Merle menaça de me tuer si je parlais de ce que je venais de voir, ajoutant qu'il se tuerait par la suite. Mais, de toute façon, il était sûr qu'on ne me croirait pas : sa parole contre la mienne, je ne faisais pas le poids.

Je lui demandais s'il avait touché à l'autre enfant de l'ASE que je gardais aussi. Il me jura sur la tête de son fils Ludovic

qu'il ne l'avait pas touché !

Je lui répliquais que dorénavant, je lui interdisais d'entrer dans les chambres des enfants et la salle de bains quand ils s'y trouvaient.

J'étais en état de choc. Je suis restée un mois dans cet état. Je ne sortais plus de chez moi. J'étais hagarde, je ne savais plus ce que je faisais.

Quand j'ai repris mes esprits, ma première idée fut de le dénoncer, mais à partir de quels éléments ? L'enfant ne parlait pas, ne se plaignait pas. Je n'avais pas de preuves, que ma parole. Or, avec son air de ne pas y toucher, le Merle mettait tout le monde dans sa poche.

Je décidai, dans un premier temps, d'exercer une surveillance de tous les instants, dans un deuxième temps de chercher où et comment je pourrais le confondre et le mettre face à ses actes.

De ce jour-là, ma vie est devenue un enfer.

Je me suis demandée qui était l'homme avec qui je vivais depuis plus de vingt ans, qui était cet inconnu, ce monstre.

Je me suis mise à le surveiller et je découvris un certain nombre de choses, qui m'ont plus que surprise.

Pendant ce temps, le Merle redoublait d'éloges à mon égard devant toute personne, quitte à en être ridicule.

Une nuit, il se mit à accaparer toutes les couvertures du lit.

Le froid me réveilla : je me trouvais sans draps ni couvertures alors que, de son côté, ils traînaient à terre.

Le manège se répéta ainsi plusieurs nuits de suite.

Le Merle se mit aussi à me donner des coups en dormant. Les mains, les coudes, les genoux, les pieds… tout y est passé. J'ai même reçu une claque à me dévisser la tête. Une autre fois, il me poussa tellement fort que je tombai du lit.

Et ne parlons pas de ses ronflements qu'on entendait à l'autre bout de la maison…

Je lui expliquais que tout cela devenait invivable pour moi.

Il nia tout et me dit que j'inventais tout cela pour le faire « chier ».

Une nuit, n'en pouvant plus de son manège, je pris mon oreiller, mon duvet et suis allée me coucher sur la descente de lit.

Je me suis dit qu'il allait comprendre et faire un effort mais surtout ne pas me laisser dormir par terre.

Tous les soirs, il me regardait me coucher par terre. Il n'a jamais prononcé un seul mot et lui s'installait tranquillement dans le milieu du lit !

J'ai ainsi couché par terre durant six mois, en espérant un geste, un mot gentil.

Ni mot, ni geste. Il était d'une indifférence totale.

Au bout de six mois, je compris enfin que je n'avais rien à attendre de lui et que je ne pouvais pas passer ma vie par terre avec le mal de dos tous les matins.

Je décidai d'ouvrir le lit pliant qui était dans notre chambre et ne servait à personne. Je n'osais pas y mettre des draps : j'avais un peu peur de sa réaction s'il me voyait trop bien installée.

Là, il retrouva la parole pour me faire des reproches et, encore une fois, me dit que je faisais ça pour le faire « chier » !

Il me lançait des regards haineux tous les soirs et affirmait être une victime. Cela personne ne le voyait puisque ça se passait dans notre intimité.

Le Merle a deux visages et deux personnalités bien différentes.

Il exerçait sur moi une telle pression que mon état de santé se dégradait dangereusement.

Il faisait tout pour me déstabiliser, me culpabiliser, me disait que j'avais des hallucinations et que je délirais.

Je sursautais au moindre bruit, j'avais de très grosses angoisses. Je faisais des malaises. J'avais peur de prendre ma voiture et je voyais venir le moment où je ne pourrais plus conduire du tout.

Un jour, j'ai fait un malaise plus fort que les autres, j'étais très mal. Il était à côté de moi et ne disait rien.

Une idée me traversa l'esprit : et si j'étais en train de mourir, que ferait-il ? J'ai joué un peu la comédie, forçant le trait : je n'avais pas grand chose à faire, j'étais déjà bien mal.

« *Je suis en train de mourir... je sens que je pars.* ».

Il resta planté là, à coté de moi, sans rien dire, sans rien faire. Son visage était très pâle, de marbre.

Il n'appela pas le médecin ni les voisins. Ce jour-là, je compris que ma vie était en danger. Il faisait tout pour que je craque psychologiquement. Un terrible secret nous liait et si je disparaissais, cela le libérerait. J'en savais trop sur lui.

Tout près de Saint-Maixent, la ville de Melle, dont l'origine se perd dans la nuit des temps.

Melle fut primitivement une forteresse destinée à mettre en sûreté les produits de l'exploitation métallurgique.

Les riches gisements de plomb auro-argentifére et même de platine que le sol renfermait n'étaient pas ignorés des Gaulois et des Romains.

Il n'est guère possible d'assigner une date à la fondation de l'atelier monétaire, qui fut établi près des mines, mais on a trouvé, en divers endroits dans le sol, des monnaies frappées sous les rois de la première race et de plus nombreuses appartenant aux Carolingiens, à l'effigie de Louis le Débonnaire et de Charles le Chauve.

Des monnaies de Melle ont été trouvées en Suède, en Norvège, au Danemark. Elles y ont été emportées sans doute par des pirates normands et eurent cours durant plusieurs siècles dans ces contrées.

Entre Melle et Saint-Maixent, s'étend la forêt de l'Hermitain où on situe la légende de la Dame de Chambrille.

Berthe a quinze 15 ans. Elle vit avec son père dans un château situé dans un vallon austère.

La vie n'est pas gaie pour la jeune fille. Sa mère est morte en la mettant au monde ; son père est âgé, il a ses amis.

Une ou deux jeunes filles du voisinage viennent parfois la voir. Ces rencontres d'adolescentes se peuplent de rires au cours de promenades dans les bois.

Berthe est insouciante de son avenir, elle est si jeune ! Mais son père, voulant la rendre heureuse, l'a promise en mariage à un de ses amis, le baron de Chambrille, un homme sage, qui, de plus, possède un riche domaine.

Mais Berthe, au cours de ses promenades, a rencontré un beau chasseur, Guy de Trémont.

Elle épouse cependant le baron de Chambrille… sans cesser de penser à Guy de Tremont.

Un jour, celui-ci vient chasser près du domaine de Chambrille, rencontre Berthe et tous deux se promettent de se retrouver.

Surpris par le mari jaloux et fou de rage, ils sont tous deux blessés mortellement d'un coup de dague.

Dans un dernier sursaut, Berthe se redresse et est changée en statue de pierre, la Dame de Chambrille, tandis que Guy de Trémont se traîne, perdant son sang, dans cette vallée qui fut surnommée la Vallée des grenats. On y trouve quelques cristaux grenats et, à l'automne, toutes les feuilles des arbres sont rouges.

Ludovic préparait un BTS de Plasturgie à Rochefort. Il passa son diplôme en juin 2001, sans succès. Il avait obtenu son baccalauréat avec mention, pourtant, je m'attendais à cet échec car Ludovic n'allait plus en cours les derniers temps.

Il partait pour Rochefort le lundi matin et rentrait le vendredi soir.

Je lui avais loué un appartement en ville. Je dis « je » parce que le Merle ne déboursait rien pour son fils, trop préoccupé de lui-même qu'il était.

Ludovic avait une petite amie depuis plusieurs années, il l'aimait et je pense qu'elle aussi, mais l'attitude de Ludovic à son égard me faisait présager une rupture ; ce qui arriva : elle le quitta.

Un jour que j'étais dans le salon, j'entendis Ludovic et son père se disputer dans l'arrière-cuisine.

Ludovic disait à son père : « *Conduis-toi en père avec moi. Tu n'es pas un père !* ».

Le Merle m'appela, je ne bougeai pas. J'en avais assez de servir de tampon entre le père et le fils.

La dispute terminée, le Merle entra dans le salon en boitant et me dit : « *Ludovic vient de me frapper !* »

« *Ce n'est pas possible !* »

« *Ludovic vient de me faire une béquille, je t'ai appelée et tu n'es pas venue !* ».

J'étais consternée. Comment Ludovic avait-il pu lever la main sur son père ? Je ne reconnaissais pas l'enfant si gentil qui m'avait donné tant de satisfactions.

« *C'est de ta faute, c'est toi qui l'as monté contre moi !* », continuait le Merle.

Je trouvais cette accusation très injuste, mais je ne me relevais plus toutes celles que le Merle pouvait formuler à mon encontre.

Je devais avant tout me protéger du vent de folie qui s'était emparé de cette maison. Je devais protéger les deux petits.

Une nuit que je me promenais autour de la maison dans le noir comme je faisais souvent, Je remarquais le manège de Ludovic. Je me cachais derrière la « ponne » (une grande cuve en pierre utilisée autrefois pour la lessive) et attendis la suite.

Je vis Ludovic sortir d'une vieille maison à moitié démolie, à côté de chez nous. La bâtisse n'avait même plus de toit.

Qu'allait-il donc faire la nuit dans cette vieille maison ?

Ludovic me découvrit et me demanda ce que je faisais là.

Je répondis de manière évasive : « *Rien* ».

Je ne savais pas ce que je venais de découvrir, mais Ludovic se montra agressif et soupçonneux.

Le lendemain, j'allais voir dans la vieille maison et là je trouvais tout un tas de plantations... et ce n'était pas de la salade !

Décidément je ne comprenais plus Ludovic. J'avais l'impression d'être devant un étranger.

Qu'est-ce que j'ai bien pu faire au bon Dieu pour mériter tout ça ?

L'été 2001, je suis allée avec les enfants rejoindre mon amie Lolita en vacances à Royan.

Nous avions loué un mobil-home pour la semaine et le Merle est venu nous rejoindre pour le week-end.

Dès son arrivée, il a emmené les enfants à la plage pour se baigner.

Au retour, la fille de Lolita nous a dit que le Merle apprenait à nager à Romuald. Comment cela ? Romuald savait parfaitement nager. Cela nous a paru bizarre et nous avons questionné la fille de Lolita, pour avoir un peu plus de détails.

Le Merle faisait mettre Romuald à plat ventre dans l'eau, une main sous son menton et l'autre sous le bas-ventre.

Rien que l'idée de cette main me donna la chair de poule et une colère sourde monta en moi.

Lolita réfléchit et affirma alors que cela lui faisait penser à quelque chose. Depuis des années, son fils Thomas, en parlant du Merle disait : « *Le Merle c'est un pédé, le Merle c'est un pédé !* ».

Je conseillai à Lolita de poser ouvertement la question dès notre retour à Thomas, maintenant adulte et père de famille.

Au retour de vacances, Lolita me téléphona : « *C'est bien ça !* ». Interloquée, je demandai : « *C'est bien ça, quoi ?* ».

Lolita me raconta qu'à l'époque où Thomas, âgé de quinze ans faisait son apprentissage de menuisier, il devait se lever à cinq heures du matin. Lolita se chargeait de le réveiller : à cet âge-là, on a le sommeil profond.

À l'occasion de vacances passées chez elle, le Merle avait proposé à mon amie de se lever à sa place pour réveiller Thomas. Personne n'avait vu de mal à cela, tout au contraire.

Le Merle réveillait Thomas en le caressant, jusqu'au jour – et ça ne tarda pas – où le Merle prit le sexe du jeune garçon dans sa main.

Thomas lui mit alors son poing sous le nez : « *Si tu recommences, je te casse la gueule !* ».

Le Merle avait compris la leçon.

Ce qui m'a fait froid dans le dos, c'est d'apprendre que ce que j'avais vu dans la chambre un dimanche matin n'était pas un incident isolé, mais bien un acte de pédophilie.

Romuald ne se lavait pas tout seul à douze ans. C'est moi qui m'en chargeais car il ne faisait aucun effort pour apprendre.

La psychologue du service finit par me dire : « *Ne le lavez plus, il devient trop grand. Tant pis s'il sent mauvais : il finira bien par se laver si tout le monde le lui fait remarquer !* ».

Je ne lavais donc plus Romuald mais le Merle se jeta sur l'occasion, malgré les recommandations de la psychologue.

Le Merle emmenait Romuald sous la douche avec lui, pour soi-disant lui apprendre à se laver, puisque moi je n'avais pas été capable de le faire. À cette époque, je n'avais encore rien découvert.

Cela dura jusqu'à ce que j'interdise au Merle d'entrer dans la salle de bains quand les enfants y étaient.

Je m'interrogeais sur ce qui avait bien pu se passer sous cette douche.

Ma petite voisine qui ne venait dans la région que pour les vacances d'été, trouva un jour un bébé pigeon tombé du nid, dans les rues de Saint-Maixent.

La fillette ramena l'oiseau chez elle. Il était trop jeune pour se nourrir seul. Elle décida de l'alimenter avec du jaune d'œuf cuit délayé avec un peu d'eau, le tout mis dans une seringue. Il y pris très vite goût.

A la fin des vacances, la fillette est repartie pour la ville et l'école.

« Petit-Piaf », c'était son nom, était maintenant beau et fort. Il mangeait tout seul le grain qu'on lui offrait dans une coupelle mais était incapable de trouver seul sa nourriture dans la nature.

Après le départ de la fillette, je m'inquiétai de Petit-Piaf. J'allai voir si je le trouvai.

Je l'appelai. Le voilà qui descend du grand sapin à toute volée et atterri sur ma tête! Visiblement la présence de l'homme lui manquait. Il était devenu dépendant.

Je l'emmenai à la maison qui était juste à coté et lui montrai qu'il avait du grain à sa disposition sur la fenêtre de la cuisine.

Comme il faisait encore beau et que la porte de cette pièce était souvent ouverte, Petit-Piaf entrait dans la maison. Il se posait soit sur ma tête, soit sur la porte entre la cuisine et la salle à manger.

Ce jeune homme (qui était peut-être en fait une jeune fille) se plaisait visiblement à me voir vaquer à mes tâches ménagères.

Il fit vite connaissance avec la maison et me suivait d'une pièce à l'autre.

Il me regardait faire de la peinture, il s'installait sur le dossier d'une chaise et n'en bougeait plus. Le soir, il allait dormir sous le hangar à voitures et le matin, il déboulait dès que j'ouvrais la porte.

La chasse allait ouvrir le jeudi et le dimanche. Petit-Piaf n'avait pas peur des hommes mais, moi, je craignais le pire.

Un jeudi soir, Petit-Piaf ne rentra pas.

Les oiseaux

Roucoule pigeon voyageur
Tes roucoulements charment
La jolie colombe, deux ailes, trois plumes

Vole à tire d'aile belle hirondelle
Le rossignol chante pour rendre
Hommage à ta douceur

Butine petit colibri
C'est le temps qui fuit
Et te voilà sans bruit

Merle mal élevé siffle haut
Quel culot Monsieur l'étourneau
Sur les plaines et les coteaux

Monsieur l'aigle majestueux
Regarde de tes yeux somptueux
Cogner aux portes Madame la cigogne.

Un matin en partant travailler, le Merle grilla un stop à un carrefour. Une voiture qui venait sur la nationale n'a pas pu l'éviter et ce fut la collision.

Heureusement, il n'y a pas eu de blessés mais les deux voitures étaient fichues. Le Merle tractait la remorque : donc plus de remorque non plus !

Nous avons racheté une voiture et une remorque moyennant un emprunt à la banque. Auprès de quelle banque fut fait le crédit ? La mienne, pardi !

Le Merle m'a manipulée une fois de plus.

En fouillant dans ses affaires, là où je ne mettais habituellement jamais le nez, je découvris des photos de femmes inconnues. Je trouvai aussi des numéros de téléphone codés, difficiles à reconstituer.

J'ai découvert des anomalies bancaires et décidé de regarder les choses d'un peu plus près.

J'ai trouvé deux talons de chèques datés de septembre pour régler le transport scolaire de Ludovic, quand il était élève au lycée à Niort. Le bus se paie une fois par an, pourquoi alors ce deuxième chèque ? Et comment se fait-il qu'ils sont tous les deux de mon écriture ?

J'épluchais les comptes et revenais toujours sur ces deux chèques.

Le Merle aurait-il donc raison ? Je perds la tête et je ne sais plus ce que je fais... Mais d'un seul coup, j'ai réalisé.

Ces chèques, quelqu'un les a reçus et aurait dû normalement m'en renvoyer un. Or, cela n'a pas été le cas.

Je n'ai donc pas fait le deuxième chèque. Mais alors, puisqu'ils portent mon écriture, cela voudrait dire que le Merle imite mon écriture et peut-être même ma signature ?

J'ai fouillé dans le grenier, trouvé deux comptes bancaires joints à la même banque alors que nous avions des banques séparées. Ces chéquiers dataient de plus de dix ans.

Seul le salaire du Merle était versé auprès de cette banque et, à ma connaissance, nous n'y avions qu'un seul compte. Pourquoi un second compte, par quoi était-il alimenté ? Puisque son salaire était versé sur le compte que je connaissais, à quoi pouvait bien servir le deuxième ?

Le pire, c'est qu'il s'agissait d'un compte joint et que je n'étais pas au courant !

Le Merle n'a pu qu'imiter ma signature pour ouvrir ce compte. Mais comment a-t-il pu faire ? J'avais peut être une explication.

En 1997, j'ai eu besoin de la signature du Merle pour un emprunt sur ma banque, un emprunt pour des travaux dans la maison.

Le Merle ne pouvait pas être à la banque avant sa fermeture. Le banquier m'avait donné les papiers à lui faire signer à la maison en me précisant que, normalement, il n'était pas autorisé à procéder ainsi mais que, dans notre cas, il voulait bien faire une exception.

La chose avait donc très bien pu se passer de la même manière pour ouvrir ce deuxième compte.

Je fus bien obligée de me rendre à l'évidence : le Merle copiait ma signature et cela depuis longtemps sans doute.

Mais qui était donc l'individu avec lequel je vivais ?

Il lisait des dizaines et des dizaines de livres par an. Je me suis toujours demandé à quoi lui servaient toutes ces lectures. Il jouait au petit Monsieur qui ne savait rien, qui n'avait pas inventé l'eau chaude.

Il avait une réelle faculté à créer un personnage de composition pour pouvoir faire tout ce qu'il voulait.

« *Je ne sais pas, je ne me rappelle pas, je n'ai pas de mémoire* » : des phrases qui revenaient sans cesse dans sa bouche.

Le Merle avait un toupet et un culot monstres qui lui permettaient de se sortir de toutes sortes de situations impossibles et inimaginables.

J'ai déjà dit qu'il était cuisinier au restaurant d'entreprise d'une mutuelle d'assurances. Dans son service, il y avait un pauvre garçon handicapé qui faisait la plonge et que le Merle ne pouvait pas supporter, ce qu'il lui manifestait quotidiennement.

Un jour, le Merle a agressé ce jeune homme plutôt violemment. Le garçon a dû faire réparer sa voiture, le Merle lui ayant foncé dessus avec son propre véhicule.

La voiture du Merle n'avait pas une seule égratignure mais celle du jeune homme, une portière enfoncée.

Le garçon porta plainte auprès des gendarmes.

Le Merle fut convoqué et, bien sûr, nia tout. Mieux que cela : avec aplomb, il retourna la situation en sa faveur en expliquant que son collègue n'était pas tout a fait normal, qu'il était jaloux de lui et avait inventé cette histoire pour se venger !

Toujours est-il qu'il en a mis plein la vue au gendarme lequel, pourtant, n'était pas tombé de la dernière pluie. Le Merle est sorti de la gendarmerie en serrant la main du gardien de la paix… et la plainte fut classée sans suite.

Un jour, le Merle se mit en colère après Albert, le deuxième enfant de l'Aide sociale à l'enfance que je gardais.

Il le frappa violemment et j'ai bien cru qu'il allait le tuer. Je me suis interposée dans cette bagarre mais j'ai pensé ne pas parvenir à soustraire Albert aux coups que lui infligeait le Merle.

Le lendemain, l'enfant est parti à son école spécialisée, la figure et le cou tuméfiés, le visage bleu et gonflé.

À son arrivée à l'école, il fut dirigé vers l'infirmerie et dut être examiné par un médecin.

Celui-ci rédigea un rapport interne et avertit Madame X., l'éducatrice spécialisée de l'Aide sociale à l'enfance qui assurait le suivi des enfants… J'en reparlerai plus tard.

Cette Madame X. se déplaça à l'école d'Albert et on n'entendit plus parler de rien.

Visiblement, cette employée de L'ASE aurait dû elle-même faire un rapport mais elle a étouffé l'affaire.

Il est vrai que le Merle lui avait dit un jour, devant moi, qu'elle avait de très jolis yeux bleus…

Au retour des vacances à Royan avec Lolita, je décidai de fouiller la voiture du Merle. Je restai stupéfaite de la découverte que j'y fis : deux livrets de Caisse d'épargne, un Codevi et un livret B avec une somme de 100 000 francs.

Les sommes n'avait séjourné que trois mois sur les livrets établis à son nom personnel.

D'où venait cet argent et où s'était-il volatilisé ?

Je trouvai aussi une belle somme d'argent en liquide, le tout était bien caché.

J'ai appris plus tard que les sommes qui avaient été portées sur les livrets correspondaient, ni plus ni moins, à de l'argent que j'avais sur mon livret A de la Caisse d'épargne. Le Merle l'avait prélevé puis remis trois mois plus tard.

Sans doute avait-il des projets qui ne se sont pas réalisés... L'argent étant le moindre de mes soucis, je ne m'étais aperçue de rien.

Cette histoire d'argent me fit réfléchir. Je décidai de mettre à l'abri les économies provenant de mes salaires.

Nous avions des crédits en cours et la suite des événements ne semblait présager rien de bon. Je ne voulais pas laisser des dettes derrière moi.

J'ai pris mon premier rendez-vous chez un avocat.

J'ai aussi décidé de mettre le téléphone de la maison sur écoute. Nous n'avions pas de téléphone portable à cette époque et le téléphone de la maison était à mon nom. J'avais donc parfaitement le droit de le mettre sur écoute, sans la permission de qui que ce soit.

J'achetai du matériel sophistiqué et coûteux espérant découvrir qui était le Merle, quelle vie il menait en dehors de la maison, et peut-être le confondre pour pédophilie.

Comme il devenait de plus en plus menaçant, j'écrivis une lettre dans laquelle je révélais le secret qui nous liait et les menaces dont je faisais l'objet.

Je remis cette lettre à mon médecin en lui demandant de la remettre à la gendarmerie s'il m'arrivait quelque chose de grave. Je craignais pour ma vie.

À la longue, j'ai fini par enregistrer une conversation du Merle avec sa tante de Paris où il lui avouait qu'il était atteint d'une « tare ».

Je demandais à mon médecin de garder l'enregistrement après le lui avoir fait écouter. Celui-ci s'exclama : « *Mais il avoue, là !* ».

Quelques jours plus tard, mon médecin m'appela et m'annonça qu'il avait prévenu les gendarmes. Il m'expliqua qu'il avait entrepris la démarche lui-même pour m'éviter de culpabiliser.

Une page de ma vie venait de se tourner.

Les gendarmes me contactèrent. La préoccupation première était de mettre les enfants à l'abri.

Je les plaçais en catastrophe chez des collègues prétextant que j'étais malade. À ce moment-là, personne ne savait encore que j'avais la maladie de Parkinson. Je l'avais caché à tout le monde.

Ma neurologue jugea peu de temps après que mon état de santé s'était considérablement aggravé et me fit un arrêt de travail.

Je pensais que le Merle ne supporterait pas que je ne rapporte plus d'argent à la maison. En effet, il m'interdit, à trois reprises, d'aller faire les soldes et il surveillait mes dépenses. Il me sera la vis, me reprochant que je lui coûtais de l'argent, que la nourriture était chère…

L'enquête chez les gendarmes avait commencé mais le Merle n'était au courant de rien.

Un jour, Ludovic découvrit mon installation sur le téléphone.

Il m'agressa verbalement de manière très violente comme si, dans ma propre maison, je lui devais des comptes. Il jeta au sol le magnétophone qui vola en mille morceaux.

Je pensai à ce moment-là que la relève était assurée. Comme si je n'avais pas assez de son père et de ma maladie !

Une grande tristesse m'envahit. Je me sentais bien seule.

dues à Ma maladie et le stress que me faisait subir le Merle me causaient des insomnies. J'avais essayé les somnifères sans résultat et avais donc tout arrêté.

Je me levais la nuit ne tenant plus dans le lit. Je descendais et je bricolais un peu tout pour faire passer le temps.

Le Merle, qui se réveillait deux à trois fois par nuit pour aller aux toilettes, m'appelait du haut de l'escalier.

« *Qu'est-ce que tu fais ? Monte te coucher !* ».

Quelle barbe de rester coucher quand on ne peut pas dormir !

Je remarquais que le Merle ne se réveillait jamais entre deux heures et cinq heures du matin. J'en profitais pour m'éclipser ; L'intérieur de la maison est devenu vite trop petit.

Je décidais d'aller faire un tour dans le village mais je faisais aboyer les chiens, crier les oies en passant devant certaines maisons. Et le village est devenu à son tour trop petit.

Une nuit, j'ai pris ma voiture et suis partie. Je m'arrêtai dans un coin que je connaissais de jour. Et je partis à pied, sans lumière, comme lorsque j'avais huit ans, me promener dans les bois et les champs.

Une autre fois, en voulant traverser un fossé, je me suis retrouvée les pieds dans l'eau, les mains dans les orties, la tête dans les ronces. Je trouvai la situation plutôt cocasse et j'éclatai de rire.

Ces sorties nocturnes me faisaient un bien fou. Je sentais à nouveau les odeurs de mon enfance des sous-bois, la nuit.

Je rentrais crottée et sale.

Je m'étais organisée : le jour, je cachais dans la panière à linge sale mes vêtements pour sortir la nuit. Je descendais en chemise de nuit – le Merle m'interdisait de porter des pyjamas –, je me changeais et sortais.

En rentrant, je procédais à l'opération inverse. Je cachais dans la panière mes vêtements et chaussures crottés que je lavais ensuite dans la journée.

Je ne sortais pas toutes les nuits, mais plusieurs fois par semaine.

Je me disais que ce ne serait pas quand je serais grabataire sur un lit que je pourrais retrouver cette communion avec la nature.

Une nuit, en franchissant un échalier, je me suis retrouvée accrochée au piquet de clôture par le fond de mon pantalon. Je me débattais pour me dégager mais n'ai fait qu'attirer les deux chevaux qui étaient dans le pré.

Ils sont venus me renifler. Moi, je me disais que ces deux-là allaient me mordre si je ne me sortais pas de là en vitesse.

C'est le fond de mon pantalon qui céda et je tombai dans la boue avec un grand « *splatch* ». Les chevaux partirent au galop. J'en profitai pour sortir du pré sans demander mon reste.

Dessine-moi un arbre

Je suis un petit soldat sans armes
Aveugle je marche dans le noir
Je marche sur un chemin
Jonché de trop d'embûches

Je marche à la recherche de la lumière
De ma lumière de mon soleil
Je veux vivre comme un lion
Pas comme un mouton

Je suis un petit soldat
Je marche seul
Je voudrais t'apprivoiser
S'il te plait dessine moi un arbre

Le Merle allait faire du kayak tous les samedis après midi.

Un jour, ma curiosité l'emporta. Je le laissai partir et le suivis cinq minutes après.

Je suis allée à deux endroits où je pensais qu'il pouvait être et ne l'y trouvant pas, je me suis rendue au club de kayak. Il n'était pas encore arrivé.

J'attendis un petit moment pour voir. Le voilà qui arrive comme une trombe ! Il était tellement pressé qu'il ne m'a même pas vue. Pourtant, ma voiture était garée sur la route ; je ne m'étais même pas cachée.

Le soir, je lui demandai s'il avait été au kayak directement en partant de la maison. « *Oui, bien sûr ! Où veux tu que j'aille ?* ».

Une autre fois, il était en arrêt de travail. Il souffrait d'une douleur à la cuisse, il ne pouvait pas conduire et à peine s'habiller.

Ce jour-là, je suis partie à une réunion à Niort. J'étais absente tout l'après midi.

Le soir, à mon retour, il me dit qu'il était sorti pour aller commander du fioul.

Je fus d'autant plus étonné, que nous commandions toujours le fioul par téléphone. Je trouvai cette démarche démesurée, surtout dans l'état où il se trouvait.

En mettant du linge sale dans le panier, je m'aperçus qu'il avait changé de sous-vêtements. Pour quelqu'un qui a du mal à s'habiller, je trouvai cela plutôt bizarre… surtout pour aller commander du fioul !

Le soir, quand il se déshabilla, il avait une très forte odeur de sexe qui ne lui appartenait pas.

Je lui ai fait remarquer et, tout de suite, il est devenu agressif.

Pour moi cela ne faisait aucun doute, il avait eu un rapport sexuel dans l'après midi !

J'étais soulagée que les enfants soient partis. L'énorme surveillance qu'ils demandaient finissait par m'épuiser.

Je ne souhaite à aucune femme de vivre un tel cauchemar, un tel enfer.

Le Merle voyait ça d'un mauvais œil ; Si je n'avais pas les enfants à garder, cela signifiait que je ne travaillais pas, et si je ne travaillais pas, je ne faisais plus rentrer d'argent à la maison. Or, j'alimentais la maison de 12 000 à 15 000 francs par mois, alors que son salaire mensuel s'élevait à 8 500 francs.

Mais qu'importait l'argent à mes yeux ! Seuls les enfants comptaient pour moi. Ils n'étaient plus en danger et c'était cela le plus important.

Normalement, quand nous n'avions plus d'enfants en garde, le service nous ignorait. Nous n'avions jamais de nouvelles de ceux qui étaient partis. Nous n'avions pas le droit à la parole.

Je fus donc surprise de recevoir, après le départ des enfants, la visite de Madame X. l'éducatrice spécialisée qui assurait leur suivi.

Elle était toute mielleuse ; je ne me suis pas méfiée d'elle. Elle me questionna sur notre vie.

Je n'avais plus l'angoisse, ni le souci des enfants. Je me suis laissée aller à quelques confidences.

J'estimais qu'avec ma maladie et ce qui se préparait, je pouvais me permettre de penser un peu à moi. La suite me prouva que non.

Je n'avais plus de nouvelles d'Albert mais j'écrivais à Romuald qui fréquentait une école spécialisée. Ces enfants me manquaient.

Un jour, je fus convoquée dans les bureaux de l'Aide sociale à l'enfance. On m'interdit d'écrire à Romuald.

Les enfants étaient mineurs, je ne pouvais donc que m'exécuter, sans quoi des sanctions graves auraient pu être prises contre moi.

Malgré tout, je trouvais cela injuste. J'avais le sentiment que pour L'ASE, les enfants n'étaient que des dossiers sur un bureau, que l'on pouvait les déplacer à volonté sans se soucier des liens affectifs qui pouvaient exister entre nous.

Le Merle avait un manque total de fantaisie, du moins à la maison.

Il ne fallait pas rire. Moi qui suis très ludique, je ne pouvais même pas chahuter avec lui. Il ne supportait pas et me disait :

« *Laisse-moi !* ».

Je n'avais jamais le droit de regarder les émissions de variétés à la télévision ; c'était toujours lui qui choisissait les programmes.

Il partait plusieurs fois par an au ski, avec les copains et les copines, mais sans moi.

Comme, de mon côté, je ne partais pas, un jour, j'ai eu envie de planter la toile de tente sur la pelouse et d'y aller dormir la nuit suivante.

Il me dit qu'il n'approuvait pas mon projet, que j'étais ridicule avec mes idées.

Le premier soir, j'étais bien, j'avais l'impression d'être en vacances. J'allais m'endormir, quand j'entendis des pas sur la pelouse et quelqu'un qui toquait sur la toile.

C'était le Merle qui venait dormir sous la tente. En fin de compte, il trouva le projet plutôt amusant. J'avais installé un vrai matelas. C'était le grand confort et l'impression d'être en vacances tout l'été.

J'avais monté la tente sous le gros noyer et une nuit de septembre, un orage terrible me délogea. Comme nous étions sous un arbre dont des branches avaient déjà été cassées par un orage, je trouvai plus prudent de rentrer à la maison.

Le Merle décida de rester, déclarant qu'on ne risquait rien.

De la porte-fenêtre du salon, je regardais les éclairs et la pluie qui tombait maintenant très fort. J'ai toujours aimé regarder les orages.

Et tout à coup, que vois-je, sur la pelouse, venir en courant vers la maison ? Le Merle, complètement nu… à part ses baskets qu'il avait enfilées à la hâte avec les lacets qui pendaient. Il courait les jambes écartées pour ne pas marcher sur ses lacets. Avec les éclairs, cela faisait, jour, nuit, jour, nuit… Je trouvais le spectacle des plus comiques.

Le Merle, lui, n'était pas du tout content de sa douche nocturne.

L'orage avait inondé toute la toile de tente et les matelas avaient bu plus que de raison.

Le séchage des matelas fut très long et je ne redormis pas sous la tente cette année-là.

Sous la pluie

Viens faire un tour sous la pluie
Viens faire un tour dans ma vie
On sortira les baskets

Viens faire un tour dans mon cœur
On sautera dans les flaques
Tous les chemins sentent la liberté

Viens faire un tour dans mes rêves
On marchera sur les mains
Pour voir le monde à l'envers.

La garde à vue du Merle fut fixée par les gendarmes.

Ils devaient venir le chercher à la maison après son travail.

Ce moment me terrorisait. Ce n'est pas anodin de voir partir son mari entre deux gendarmes.

Quand ils sont entrés à la maison, j'ai eu une sensation de fin du monde.

Par la suite, le Merle me reprocha d'avoir eu l'air souriante et heureuse de le voir partir en garde à vue.

Comment pouvait-il dire ça ! Il était atteint du syndrome de persécution ?

Aujourd'hui, je pense qu'il a vraiment un problème.

Il m'a raconté que ses parents le battaient et le persécutaient quand il était petit. Il m'a relaté des choses abominables sur eux.

Il m'avait aussi raconté que son patron d'apprentissage le battait et le maltraitait.

Quand il me parlait de tout ça, je voulais lui faire oublier tous ses malheurs. Je lui ai tout cédé, tout passé et il en a profité. Et maintenant, il raconte que, moi aussi, je l'ai persécuté !

Je crois malheureusement qu'il se plaindra toujours de quelqu'un : c'est dans sa nature.

Le premier soir de sa garde à vue, j'ai pensé à une chose et il a fallu que je vérifie.

Nous étions passés, quelques jours auparavant, chez des gens qui refaisaient les joints des pierres de leur maison. Nous avions trouvé ces joints très jolis et nous voulions le même produit pour faire les nôtres.

Le Merle avait noté sur une feuille toutes les références dudit matériau.

Je suis allée à sa voiture où le papier était resté. J'eus l'impression que des chiffres avaient été rajoutés. Je pris le téléphone et appelai les gens en question, leur disant que mon mari avait égaré le papier avec les références du matériau.

La dame, très gentiment, me les donna à nouveau. Je les notai soigneusement et constatai qu'il y avait bien des chiffres en trop.

Je reconstituai ainsi trois numéros de téléphone que j'appelai sur le champ.

Je tombai sur trois femmes et je tins le même discours à toutes les trois. Elles m'ont dit ne pas connaître le Merle.

Dans les minutes qui suivirent alors que j'étais encore en communication, un message s'est enregistré sur le répondeur. Il disait ceci : « *Il est grand temps de passer commande. À très bientôt* ».

J'avais sûrement trouvé quelque chose mais que voulait dire ce message ? Dans quel trafic le Merle trempait-il ?

Les gendarmes m'avertirent de la fin de garde à vue et me conseillèrent de ne pas être seule à la maison au retour du Merle. J'ai téléphoné à Sullivan qui est venu tout de suite.

Le Merle n'osa pas m'agresser devant Sullivan.

Il prit le téléphone et partit dans le jardin pour que l'on n'entende pas sa conversation.

Je bouillais et me décidai à monter au premier étage pour décrocher le deuxième téléphone. Le Merle était en conversation avec sa tante de Paris. Il pleurait et lui disait : « *J'ai fait des horreurs. Attendez-vous à entendre des horreurs.* »

Et la tante de répondre : « *Mais non pas toi ! Tu es un pur, tu ne peux pas avoir fait des horreurs* ».

Quant à la cousine complètement hystérique, je l'entendis surenchérir par derrière : « *C'est pas toi, c'est elle ! C'est elle le monstre ! Il faut que tu dises que c'est elle qui t'a obligé à faire ce que tu as fait* ».

J'entendais tout un déballage de haine contre moi, mais ce qui me faisait le plus mal au cœur, c'est que le Merle essayait de se confesser, de libérer sa conscience et personne ne voulait en entendre parler. Les deux femmes l'obligeaient à se taire.

Il faut dire que ce sont des gens qui ont l'habitude de « péter plus haut que leur cul » comme on dit vulgairement. Ils sont très orgueilleux et l'orgueil, ça tient chaud aux imbéciles.

Il ne fallait surtout pas qu'un scandale éclabousse la famille, il fallait tout faire pour l'étouffer.

Le père du Merle est venu le chercher. Il était prévu de longue date que nous devions partir au ski, la semaine qui suivait. Je n'étais pas allée au ski depuis dix ans. Le Merle me dit :

« *Je ne pars pas au ski avec un monstre. Profites-en, profites-en bien… tu me le payeras au retour* ».

Comme les frais de séjour étaient réglés, je partis au ski avec Ludovic.

À mon retour, je trouvais le Merle à la maison, l'ambiance n'était pas aux réjouissances.

Le Merle me menaça. « *Ou tu quittes la maison, ou tu reviens sur ta déposition à la gendarmerie* ».

Il pensait que, dans mon état de santé, je ne bougerais pas de la maison, que je ne pouvais pas me passer de lui.

Je refusai de revenir sur ma déposition, je n'aurais pas pu me regarder dans une glace.

Il téléphona devant moi à son père et à son frère à Paris, le vendredi soir. Ces deux Messieurs arrivèrent le lendemain pour me faire changer d'avis.

J'ai encore honte aujourd'hui de ne pas avoir su tenir tête, mais je n'ai pas eu le courage d'affronter seule ces trois hommes.

Je me suis enfuie de chez moi comme une voleuse, le samedi matin.

Je suis passée à la gendarmerie déposer une lettre expliquant la situation et mon départ.

Je me réfugiai chez Sullivan et envoyai trois SMS à Ludovic qui était resté à la maison avec le Merle. J'étais partie très tôt et n'avais donc pas pu expliquer à mon fils les raisons de ce départ précipité.

Mes trois messages sont restés sans réponse. Par la suite, il nia les avoir reçus. Ce qui tend à me prouver qu'ils lui étaient parvenus, c'est qu'il n'a pas cherché à savoir où j'étais passée.

Il a vécu mon départ comme un abandon, mais n'a fait aucun effort pour me comprendre.

Il aurait pu comprendre un peu plus tard, quand le Merle a fait venir son frère pour lui mettre une correction.

Le père et le fils ne s'entendaient pas et le Merle est allé pleurer dans les jupes de sa famille.

Merle, nos chemins se séparent mais ce n'est que provisoire... Nous nous retrouverons plus tard!

LE MERLE

Le Merle mal élevé chante haut
Salut Merle! va au diable!
Depuis des jours et des jours
Le vent souffle fort
Debout! Rester debout!

Endormie dans mes larmes,
Je me réveille au milieu du désert.
Le coq chante dans la vallée,
Je me noie! Je ne veux plus te voir!
J'ai toujours vécu debout!

La force est en moi,
La rage de vivre.
Malgré les trahisons,
Je me suis battue pour mes idées.
Debout! Rester debout!

Seule pour porter ma croix,
A force d'oublier que j'existais,
J'ai oublié de vivre.
J'ai marché sans but dans le néant.
J'ai toujours vécu debout!

Quitter cette terre brûlée,
Cette terre d'illusions,
Mon chagrin verse des larmes.
Les cloches sonnent le glas
Debout! Rester debout!

Quand les masques tombent,
Que la lune est noire,
La rage de vivre est en moi,
Mais j'ai peur de mourir.
J'ai toujours vécu debout!

Merle moqueur, je te déteste!
Tu as brisé ma vie.
Quand la nuit s'éloigne,
C'est pour faire naître le jour
Debout! Rester debout!

Le temps dit: « Je suis le plus fort »
A-t-il raison? A-t-il tort?
Il y a toujours un rayon de soleil
Dans les larmes que je verse.
J'ai toujours vécu debout!
Jusqu'au bout, debout!

QUATRIÈME CHAPITRE

Madame ma mère rencontra mon père à Clamart. Des amis communs les avaient présentés.

Mon père sortait de l'usine. Il était habillé d'un costume blanc, portait un chapeau et une canne à pommeau. Pas étonnant que je sois parfois un peu bizarre dans la façon de m'habiller…

Pourtant, mon père n'était pas le patron de l'usine, ni d'ailleurs un manœuvre.

Il était outilleur fraiseur de haute précision et gagnait très bien sa vie ce qui lui permettait de ne travailler que six mois par an.

Que faisait-il le reste du temps ? Eh bien, il inventait.

Il inventait toutes sortes de choses. C'était un inventeur, un touche-à-tout.

Il s'installait des journées entières dans la salle à manger, les coudes sur la table, la tête dans les mains. Gare à celui qui le dérangeait !

Quand il avait tout construit dans sa tête, il prenait du papier et un crayon et dessinait des plans sans aucune rature. Tout était clair dans sa tête.

Après, il disparaissait dans son atelier au fond du jardin.

Il déposa un jour un brevet mais comme il n'avait pu le commercialiser dans l'année qui suivit, le brevet tomba dans le domaine public et un industriel se l'appropria.

Les lois françaises ne protégent pas assez leurs inventeurs. Mes parents furent tentés de partir aux États-Unis, là où sont partis bien d'autres inventeurs. Ce qui les a retenus en France c'est le problème de la langue. Ils ne parlaient pas anglais ni l'un ni l'autre. J'aurais pu naître aux Etats Unis mais le destin en a décidé autrement.

Tout cela semble très beau mais vivre avec un inventeur relève de l'exploit. Mon père était invivable.

Des calculs dans les reins lui occasionnaient des crises de colique néphrétique épouvantables.

Pour se soigner, il allait tout simplement chez le pharmacien et établissant lui-même sa prescription, demandait tel ou tel médicament. Ce n'était pas comme aujourd'hui : la vente de médicament était beaucoup plus libre.

Mon père faisait lui-même le mélange de ses remèdes.

Avec l'aide de Madame ma mère, il se faisait ses piqûres intraveineuses. Le pire c'est qu'il ne sait jamais empoisonné… ni même guéri d'ailleurs !

Mon père n'était pas de toute première jeunesse. Il avait cinquante ans de plus que moi et Madame ma mère avait déjà trente-cinq ans à ma naissance.

Madame ma mère en eut un jour assez de le supporter et décida de le quitter.

Sans laisser d'adresse derrière elle, elle partit se placer comme cuisinière, très loin de Paris, dans un manoir de Dordogne.

J'avais deux ans et mon frère Jean-Paul, quatre ans.

C'est comme ça que je suis devenue une petite sauvage, une petite rebelle et que j'eus le plus beau terrain de jeux dont un enfant puisse rêver.

J'ai reçu une éducation un peu bourgeoise. J'ai dit mon premier gros mot à quatorze ans… Je me suis bien rattrapée depuis !

Alors que j'étais encore petite, Madame ma mère m'envoya un été en vacances chez ma grand-tante qui était aussi ma marraine.

Madame ma mère me mit dans le train à Brive. Ne pouvant pas m'accompagner, elle me confia à un militaire en lui expliquant que ma tante devait venir me chercher à la gare à Paris.

Je ne vis pas le militaire tout le temps du voyage. Une charmante dame s'intéressa à moi et fut surprise que je voyage seule.

J'avais une petite jupe plissée marron et un petit gilet marron et blanc. J'avais chaud mais n'osais pas ôter celui-ci.

Sur la chemise que je portais dessous, Madame ma mère avait cousu un papier sur lequel figuraient mon nom, mon adresse et ma destination. Ma coquetterie me valut d'avoir chaud durant tout le voyage.

Arrivée à Paris, je vis le militaire passer sa tête à la portière et il me dit : « *Tu es arrivée, tu peux descendre !* ».

Je m'exécutai et décidai de remonter le train en suivant la foule. Ma tante devait être en tête du quai.

Ma tante tenait un café-tabac dans la grande rue de L'Isle Adam. J'avais été baptisée dans la très belle et charmante église de cette ville.

Dans le courant de l'été, Madame ma mère tomba gravement malade et dut se faire opérer de la vésicule biliaire.

Ma tante décida de me garder et de m'inscrire à l'école.

J'adorais servir les clients pour les Gauloises. A l'époque, le paquet coûtait quatre-vingt centimes. Ma tante m'avait appris à rendre la monnaie sur un franc.

Je leur disais : « *Et vingt qui font cent!* ». C'était un jeu pour moi. Un jour, ma maîtresse d'école est venue chercher un paquet de cigarette et je lui ai fait mon petit numéro.

Ma tante était une personne respectée dans la ville et tout le monde m'avait adoptée.

Fervente adepte des courses et du foot, ma tante allait soutenir son équipe favorite sur le terrain. Pour les chevaux, c'était la même passion. Nous allions assister à des concours. J'adorais les tenues d'apparat, les sonneurs de trompes et leurs cors de chasse, les meutes de chiens, la queue dressée.

Le dimanche, nous allions parfois aussi faire du canoë et regarder les péniches franchir les écluses.

Tous les ans, il y avait une grande fête de chars fleuris. Nous devions confectionner des fleurs en papier roses et blanches. Nous en faisions des quantités et des quantités ce qui me faisait penser que tous les chars seraient roses et blancs, mais il y en avait de toutes les couleurs. Toute la ville avait été mise à contribution.

Pour le bal costumé, ma tante m'avait confectionné une robe de tulle rose.

Ma meilleure amie, la fille de notre femme de ménage, était alsacienne. Elle portait ce jour-là un superbe costume de sa région. Nous avons dansé ; c'était mon premier bal.

Ma tante avait un petit-fils de six ans mon aîné, Michel, qui me considérait comme sa petite sœur. Il me couvait comme une mère poule.

Il m'emmenait à la piscine et ne quittait pas le petit bassin où je me trouvais, se privant d'aller nager dans le grand bassin pour ne pas me laisser seule ; de peur qu'il m'arrive quelque chose.

Il avait des patins à roulettes mais, s'il me prêtait volontiers tous ses jouets, il ne voulait pas que je monte sur les patins car il avait peur que je me fasse mal.

J'avais un autre cousin, Philippe, qui avait le même âge que moi. Nous avons fait notre première communion la même année et nous avons échangé nos chapelets et nos livres de messe. Philippe se tua dans un accident de voiture à l'âge de vingt ans.

Un jour, je partis avec ma tante chez sa couturière qui habitait en lisière du bois.

Un gros orage nous obligea à prolonger notre visite. Les deux femmes prenaient le thé pour passer le temps.

Attirée par les éclairs et la pluie qui tombait sur les carreaux, moi j'avais collé mon nez à la vitre et regardais la foudre lécher le mur de la maison et disparaître dans le sol. Je trouvais ça très beau et le dis à ma tante. Celle ci me demanda de me reculer. La couturière rassura ma tante en lui disant que cela se produisait à chaque orage et qu'il n'y avait pas de danger.

Écoute pleurer la pluie

Écoute pleurer la pluie sur
Les carreaux de la maison
Elle semble dire « Ouvrez moi »

Je veux rentrer pour sécher mes larmes
Pour sécher mes joues pour
Guérir mon cœur chagrin

Je mettrai mes escarpins
De velours pour me faire
Pardonner de vous mouiller

Je vous parlerai du vent chaud
Je me ferai simoun
Je me ferai tramontane

Je soufflerai dans vos cheveux
Je ferai flotter vos foulards
De dentelle de soie blanche

Si j'étais une de vos larmes
Je ne coulerais plus jamais de
Peur de vous perdre.

L'année écoulée, Madame ma mère et mon frère Jean-Paul sont venus me chercher.

À leur arrivée, je sautai au cou de mon frère et l'embrassai. Il est resté tout raide et s'est reculé.

Son attitude à mon égard me surprit. Depuis que j'étais chez ma tante, personne ne me repoussait et j'avais oublié que mon frère le faisait.

Nous repartîmes et avant de rentrer en Dordogne, nous avons rendu visite à mes grands-parents en Normandie.

Mon grand-père était grabataire. Son état était le résultat de deux ensevelissements dans sa carrière de sable et de gravier.

Il avait acheté une concession de carrière et revendait le fruit de ses efforts.

Ma grand-mère était une petite femme, contrairement à mon grand-père qui lui était très grand.

Ils habitaient une petite maison au toit de chaume. Un petit jardin devant la porte et des fleurs jaunes faisaient de cette modeste demeure la maison de Peau d'Âne.

Dans le jardin, il y avait un pied de rhubarbe énorme. Lorsque ma grand-mère m'apprit que l'on ne mangeait pas les feuilles mais seulement les tiges, je pensai que c'était du gaspillage.

Ma grand-mère avait des poules et des lapins. Elle allait tirer un cidre délicieux à la barrique dans un pichet qu'elle posait sur la table à chaque repas. J'ai hérité de ce pichet que je garde religieusement.

Elle nous emmenait glaner. Cette coutume pratiquée dans ces plaines fournissait la nourriture des poules pour une bonne partie de l'année.

Nous allions en bord de mer voir les bateaux de pêche multicolores. Je m'en remplissais les yeux. Je m'imaginais les pêches miraculeuses, les tempêtes, le chant des baleines, les gros bateaux qui partaient faire du commerce au-delà des mers.

Écoute ce que raconte le vent

Je t'emprunterai ton alphabet
Pour te parler de bateaux blancs
Aux voiles gonflées sous le souffle
D'Éole de ces galions chargés

Au ventre alourdi d'or et d'épices
D'amphores de vin de Xérès
De coffres remplis de vaisselle de
Porcelaines de Chine bleue et blanche

D'étoffes précieuses de soie de dentelles
De brocard ces tissus qui feront
De si belles robes de bal à la
Cour du seigneur des lieux

De cap-horniers courageux et téméraires
Le matelot de quart qui
S'attache à la barre pour ne pas
Fuir de peur, des éléments déchaînés

La peur au ventre la bouche amère
Les lèvres gercées par le sel
Les mains de crevasses et de sang
Le visage buriné par les embruns

Ecoute ce que raconte le vent
Quand il souffle sa bise
Dans les mâts des bateaux
Au port les soirs de tempête.

Mes grands-parents ont connu la guerre, l'exode sur les routes, le débarquement en Normandie. Ils habitaient à dix kilomètres de Sainte-Mer-l'Église.

Un jour, sans crier gare, les Allemands ouvrirent la porte de leur maison et les ont jetés dehors sans autre forme de procès.

A peine étaient-ils arrivés à la route qu'un obus tomba au coin de la maison et fit voler en éclat le pied de lilas. Mes grands-parents venaient juste de passer à cet endroit.

Ils partirent sur les routes comme des âmes errantes, sans rien à manger. Ils marchaient, ne sachant où aller. Ils étaient des centaines à marcher comme eux et à mendier un peu de nourriture de-ci de-là, mais il y avait tant de bouches à nourrir que la nourriture se faisait rare.

Ils finirent par s'arrêter dans une ferme où les gens les ont accueillis durant quelques mois, puis ils repartirent et rentrèrent chez eux.

Ils trouvèrent la maison complètement vidée de son contenu. Madame ma mère qui habitait alors la banlieue parisienne y avait déposé toute son argenterie et ses affaires de valeur.

Elle avait pensé que ses affaires seraient plus en sécurité au fin fond de la Normandie plutôt qu'en région parisienne, mais tout avait disparu.

Ma grand-mère découvrit ses lapins morts dans leurs cages.

La seule chose qu'elle retrouva c'est sa chatte qui se jeta littéralement sur elle. L'animal n'avait pas quitté les abords de la maison et attendait le retour de sa maîtresse.

Le jour du débarquement et les nuits qui suivirent, le ciel était éclairé comme en plein jour, en raison de la violence des combats.

Les Allemands désertaient et fouillaient, l'air hagard et effrayé. Il paraît qu'ils disaient : « *Soldats morts, soldats morts, partout, partout* ».

Je n'ai pas connu la guerre, mais des conflits il y en a partout et toujours.

A la suite d'un journal télévisé qui parlait une fois de plus de guerre, j'ai écrit ce poème.

LES FEMMES VOILÉES

De larme en larme
De larme en fleuve
De fleuve en océan
Ecoute pleurer
Les femmes voilées
Au pied du mur
En ruine
De la citadelle.

Elles pleurent les hommes
Les hommes qu'elles ont épousés
Les hommes qu'elles ont mis
Au monde
Et ceux qui les leur ont tués.

Dieu ! N'as-tu pas pitié
De ces femmes
Qui pleurent ?

Est-ce ta main qui a inventé
La guerre ?
Tu aurais dû te la couper.

Dieu ! Descends sur terre
Et contemple ton œuvre !
Ne me demande pas de te consacrer
Mes prières.
Je n'ai pas de larmes pour toi
Je n'ai pas de prières pour toi.

Les soirs d'été, Madame ma mère nous emmenait, mon frère et moi, au cinéma.

Sur la route du retour, elle nous racontait les étoiles, la voie lactée, la grande ourse, l'étoile du Sud, celle qui guide les caravanes dans le désert, les touaregs, les hommes bleus, le pas lent des chameaux et aussi l'étoile du Nord, celle qui guide les navigateurs sur les mers, le grand désert blanc et ses aurores boréales.

LE CUEILLEUR D'ÉTOILES

As-tu vu, cette nuit
Le cueilleur d'étoiles
Marcher sur un rayon de lune ?

Sa besace était pesante,
Son pas léger,
Son cœur serein.

A-il fait de toi
Un être d'amour
Et de lumière ?

Je lui demanderai
De veiller sur toi,
Sur tes rêves d'enfant.

Ça monte dur jusqu'à l'embranchement de la petite route blanche, celle qui descend au Manoir que nous apercevions en contrebas, grosse maison bourgeoise et ses dépendances en partie masquées par un rideau de sapins.

La petite route blanche dressant doucement sur le côté gauche un petit muret de pierres sèches, héberge des touffes d'iris violets au printemps.

Au trois-quarts de la pente, une fontaine d'eau limpide et toujours fraîche sort du petit muret dans une vasque. Le trop-plein s'écoule dans un goulet qui passe sous la route et tombe en cascade bruyante dans un bassin habité par une colonie de têtards gros et dodus.

J'adorais les attraper à mains nues. Je me couchais à plat ventre, le nez à ras de l'eau, le bras droit plongé jusqu'à l'épaule dans l'eau, pour ramener un têtard moins rapide que ses congénères. Je le regardais frétiller dans le creux de ma main. « *Tu as des pattes ? Pas encore !* ».

Je le relâchais et le regarder partir et disparaître dans le fond sombre du basin.

« *Je reviendrai te chercher pour voir si tes pattes ont poussé* ».

Un jour, j'ai bien failli perdre la vie dans ce bassin, mais ce jour-là, la mort n'a pas voulu de moi.

J'avais sept ans. Je me souviens, j'étais entre deux eaux, pas assez lourde pour couler au fond du bassin. je retenais ma respiration pour ne pas laisser entrer l'eau dans mes poumons. J'appliquais à la lettre les recommandations des grands et j'attendais qu'on vienne me chercher, la tête tournée vers le haut.

Je percevais le jour à travers l'eau. Je voyais les grandes personnes plonger et s'agiter pour me retrouver.

Heureusement, ce jour-là, je n'étais pas seule au bassin.

Ils me cherchaient au fond de l'eau mais je n'y étais pas.

Je perdis connaissance et quand je rouvris les yeux, j'étais couchée sur l'herbe verte du pré.Penchées sur moi, des têtes pleines d'yeux me regardaient. Je ne comprenais pas ce que ces gens disaient. Mes oreilles bourdonnaient mais j'entendais qu'ils s'esclaffaient de joie et des rires éclataient.

Ils se racontaient leurs exploits pour me retrouver.

Assise sur le pré, complètement hébétée, je pensais à Madame ma mère.

Je savais qu'elle était partie en ville faire des courses cet après midi-là.

Le soir à table, Madame ma mère me questionna. Moi je ne lui ai rien dit comme d'habitude.J'étais une petite fille sauvage, je ne parlais pas. Mes anglaises blondes sur mes épaules pouvaient faire penser que j'étais sage mais j'adorais grimper aux arbres, me fabriquer des arcs et des flèches dans des branches de noisetier et des jupes avec des feuilles châtaignier.

Cet après midi-là, Madame ma mère était rentrée par la ferme des Rivassou, en limite de la propriété.

La route était goudronnée jusque chez Rivassou puis un petit sentier montait en serpentant dans les prés jusqu'au manoir.Ce petit sentier était des plus agréables et j'aimais moi aussi passer par là en rentrant de l'école.

Cent mètres avant le manoir, un poteau électrique nous servait pour faire une pause. Madame ma mère s'arrêtait toujours le dos appuyé au poteau. Là, elle reprenait son souffle Ce jour-là, comme de coutume, elle était adossée au poteau lorsqu'elle m'entendit très nettement l'appeler derrière elle :

« *Maman !* ».

Elle se retourna, persuadée que je me trouvais bien là, derrière elle. Elle fut étonnée de ne pas me voir et eut un pressentiment.

Le soir, elle insista pour me faire parler. Après quelques questions, elle se rendit compte qu'au moment précis où elle m'avait entendu l'appeler, je me trouvais au fond du bassin.

En rentrant du cinéma sur la route goudronnée qui monte jusqu'à la Barétie, je traînais le pas.

La chaleur étouffante de la journée était tombée mais le bitume nous rappelait que la journée avait été chaude. L'air était doux comme du velours sur la peau, ni froid, ni chaud; Le ciel était chargé d'étoiles scintillantes.

Madame ma mère nous parlait de l'infini qui ne finit jamais, L'infiniment grand, l'infiniment petit… Une échelle dont je ne vois pas les pieds ni la tête. Mais sur quel barreau suis-je?

Et l'infini qu'est-ce que c'est? À quoi ressemble-t-il?

Mais ressemble t-il seulement à quelque chose puisqu'il n'existe pas?

Je me disais que je le trouverais, moi, l'infini. Je vais avancer d'un pas, puis un autre pas et encore un autre pas.Je m'apercevais que nous étions arrivés au Manoir, et je n'avais pas trouvé l'infini.

Je ne pensais plus à la fatigue de mes jambes, ma tête me faisait mal à force de chercher l'infini que je n'avais pas trouvé.

Je me jetais dans mon lit et, en m'endormant, je pensais que, la prochaine fois, Madame ma mère nous raconterait la musique, Strauss et ses valses, Toulouse-Lautrec et sa démarche claudicante, ses peintures de couleurs et de lumières, la Goulue…

Je ne suis pas sur le même barreau de l'échelle que vous. Je me sens si petite, je suis un grain de sable et ce grain de sable appartient à l'univers. Je suis rien et je suis tout!

Madame ma mère, vous êtes partie trop tôt, vous aviez le secret des mots. Toujours en avant-garde sur votre temps, vous avez été une des premières à vous couper les cheveux. La photo, la musique, la science… rien ne vous échappait.

Vous me manquez, Madame.

Je suis un mammifère et tout mammifère rêve. Sans rêve, il meure. Quand vous êtes partie, Madame, une partie de moi m'a quittée. Du jour de votre départ, le souvenir de mes rêves a disparu. Le matin, je me réveille sans rien.

Vingt-trois ans après votre départ, Madame, un jour de pluie, j'ai rencontré le Guerrier de Passage et mes rêves sont revenus.

J'étais souvent accusée pour des bêtises que je n'avais pas faites. Je trouvais cela très injuste ; une révolte grondait en moi, mais je ne disais mot. De toutes façons, cela ne servait à rien que je me défende, personne ne me croyait.

Comme je ne disais rien, même certains adultes me faisaient parfois passer sur le dos des choses dont ils étaient eux-mêmes responsables.

Le jour où, ayant vraiment fait une bêtise, je me suis fait réprimander – cette fois-ci à juste titre – j'ai éprouvé une grande satisfaction, d'autant que, la veille, j'avais été punie pour rien.

Ceci me donna à réfléchir. Du coup, à chaque fois que j'étais punie pour rien, je m'arrangeais pour faire une bêtise tout de suite après afin de récolter ainsi une certaine satisfaction !

C'est comme cela que je suis devenue le vilain petit canard.

Je préférais la compagnie des chats et des chiens. Avec eux au moins, je n'étais pas déçue.

Rex, le berger allemand, me faisait la fête tous les matins quand j'arrivais dans la cuisine pour prendre mon petit déjeuner.

Il attendait mon arrivée et me mettait ses deux pattes sur les épaules.

Il y avait aussi Ouyni, une malinoise pas commode, mais moi j'en faisais ce que je voulais. Je me couchais dans sa niche.

Elle disparaissait parfois plusieurs jours avec le grand caniche noir. Ils allaient faire des virées dans les bergeries aux alentours et égorgeaient les moutons.

Ouyni, pas fine pour deux sous, n'avait rien trouvé de mieux que de mordre l'assureur qui s'était déplacé au manoir pour le contrat d'assurances.

Elle avait une peur bleue de l'orage et courait comme une folle après les éclairs et le tonnerre.

L'orage

Flic flac floc fait la pluie
Sur le parapluie
Ecoute cette musique ludique
Grillon du bonheur
Rentre dans ta demeure
La pluie tombe sur le parapluie

Moi l'orage du soir
Sombre et noir
Viens je t'emmène dans mes
Limbes de foudre et de poudre
Dans mes éclairs de colère
Dans mes nuages d'orage.

Je passais beaucoup de temps à observer les dizaines et dizaines de petits nids de fourmis dans le centre du chemin qui montait jusqu'à la route de la Barétie. Ils étaient vraiment minuscules mais grouillaient d'activité.

Autour des bassins, des nuages de papillons bleus et jaunes volaient en groupe près des clochettes sauvages.

Les papillons dans les plaines et les vallons

Il y a des papillons
Dans mes chansons
Éphémère arc-en-ciel
Sèche tes couleurs

Il y a des papillons
Il y a des violons
Faire naître de mon imagination
De somptueux galions

Il y a des papillons
Il y a des nuages de coton
Habillés de mes illusions
J'irai chercher les papillons

Il y a des papillons
Il y a des caméléons
Dans le jardin des méditations
Et des perroquets bavards sur le balcon

Il y a des papillons
Il y a des garçons
Dans ma maison
Tous près des plaines et des vallons.

Je capturais de grosses chenilles noires et marron, elles étaient douces comme du velours. Je les mettais dans des boîtes d'allumettes avec des feuilles et je les caressais de temps en temps, jusqu'à ce que mes doigts enflent. Puis, je les relâchais dans la nature.

À Pâques, les buis fleurissaient. Après la floraison, il poussait des graines ressemblant à des petites marmites à trois pieds. Je les ramassais pour jouer aux soldats.

Au printemps, les prés se couvraient du jaune des coucous. Des touffes de violettes odorantes, de-ci, de-là, m'invitaient à galoper pour en faire des bouquets champêtres que je rapportais fièrement à Madame ma mère.

Plus tard dans la saison, c'était les pruniers qui croulaient sous de gros fruits dorés gorgés de sucre, les touffes de figuiers et leurs fruits charnus à souhait que je dégustais au pied des arbres.

En automne, les noyers nous offraient leurs noix. J'en mangeais à me donner des aphtes dans la bouche. Les ronces, les mûres... il y avait toujours quelque chose à découvrir dans la propriété.

En juin, on faisait les foins à la faux. Les prés du manoir étaient bien trop en pente pour y risquer du matériel. Cela aurait été trop dangereux.

Batailles de paille

Je me souviens des grandes
Batailles de paille d'autrefois

J'en remplissais mes sabots de bois
Quand le soleil est au zénith

Quand l'ombre n'est plus que l'ombre d'elle-même
Que les cigales bavardes ne chantent plus

Dans les bosquets de chênes verts
Que la cloche de la chapelle Notre-Dame

Des pèlerins sur la route de Saint-Jacques
Que l'homme courbé sur son labeur

De sueur, son pantalon de toile sa
Chemise de drap avec ses couleurs passées

Pour avoir trop flirté avec le soleil
La pluie et la gelée des petits matins

Toi après ton frugal repas de midi
Vite avalé, va t'allonger à l'ombre

Des meules de pailles et sombrer dans
Des rêveries peuplées de tes

Souvenirs secrets et discrets
Je me souviens les soirs d'été

Le nez au vent qui souffle doucement écoute
La liberté chantée par-dessus les meules de paille.

Madame ma mère régnait sur la basse-cour et elle me chargeait souvent de ramasser l'herbe pour les lapins. En contrebas du manoir, poussait de la ciguë. J'en ramassais de grands paniers. Je me demande comment les lapins ont pu en manger autant et ne pas en être morts !

Dans cette basse-cour, nous avons eu un couple d'oies qui vécurent plus de vingt-cinq ans.

Au printemps, Maman oie allait cacher ses œufs dans la nature, pour pouvoir les couver. Quand elle les pondait dans le poulailler, Madame ma mère les ramassait.

Les deux oies disparaissaient toute la journée et ne venaient qu'à l'heure de la « soupe ». Madame ma mère comptait les jours avant l'éclosion, tout en cherchant le mâle qui, lui, ne se cachait pas mais montait la garde à proximité du nid, presque toujours dans un bosquet en-dessous du manoir. Les naissances se faisaient en période de pluie et la remontée jusqu'au poulailler aurait été mortelle pour les oisillons.

Madame ma mère n'approchait pas le nid le temps de l'incubation, mais seulement le jour fatidique et elle ne se trompait jamais.

Elle allait au nid, mettait les oisillons dans son grand tablier et suivie de Papa et de Maman oie, remontait tout ce joli petit monde au bercail, bien au chaud dans la paille fraîche.

Parfois, c'était une poule qui revenait avec une ribambelle de petits poussins.

Quand le mauvais temps risquait de mettre en péril les nouveaux-nés, Madame ma mère les ramenait dans la cuisine, les installait dans un linge propre et chaud. Et hop ! Dans le tiroir du bas de la cuisinière qu'elle laissait entrouvert.

Quelques heures plus tard, nous entendions des piaillements sortir du tiroir. Alors que nous n'avions que des moribonds, ils étaient à présent pleins de vie et nous pouvions alors les restituer aussitôt à leurs mères.

Le poulailler était attenant à la petite dépendance où nous dormions.

Plus haut, un talus de millepertuis se terminait par une bambouseraie où nous faisions des parties de cache-cache mémorables. En revenant vers la terrasse du manoir, un énorme marronnier nous faisait de l'ombre en été.

Sur la terrasse, une construction en forme de puits servait de support à une grande cage avec des tourterelles.

Le sol de la terrasse était fait de carrés de petits cailloux polis, bien rangés les uns à coté des autres et formant de jolies arabesques.

Un muret retenant le terrain était recouvert d'œillets blancs retombant au pied des touffes d'hortensias.

Sur le mur de pierres, en face de la cage des tourterelles, la statue de Du Guesclin grandeur nature.

J'aimais bien cette statue en bronze lisse. Comme Du Guesclin était de petite taille et que moi j'étais grande pour mon âge, cette statue me convenait à merveille pour jouer au roi et à la reine.

J'allais trouver le grand-père dans les vignes.

« *Pépé qui était du Guesclin ?*

– *Tu veux toujours tout savoir !*

– *Mais je sais si peu de choses...*

– *Si tu continues comme ça tu en sauras plus que moi !*

– Ça m'étonnerait. Vous, les grandes personnes, vous savez tellement de choses.

– Pourtant le monde est bien ignorant.

– Alors, tu veux bien me raconter ?

– Bien sûr, petite, marche à côté de moi. J'ai du travail. »

Bertrand Du Guesclin, aîné de dix enfants, est né en Bretagne vers 1320 dans une famille de nobles chevaliers et fiers Bretons.

Pour acquérir la gloire, il faut franchir victorieux de nombreux obstacles. Bertrand, en savait quelque chose, à commencer par son physique : laid, le corps petit et ramassé, les épaules carrées, le visage lourd, les traits épais.

Vers 1400, la moitié de la population du royaume de France a disparu. La mort rôde partout portée par la Peste Noire qui ressurgit sans cesse quand on la croyait passée.

À 17 ans, Bertrand s'enfuit de chez lui, va chez un oncle à Rennes, prétend se rendre illustre au tournoi.

Il fait ses preuves lors de celui donné pour le mariage de Charles de Blois avec Jeanne de Penthièvre, nièce du duc de Bretagne.

Dans le duché de Bretagne, les uns soutiennent Charles de Blois, rangé aux côtés du roi de France, les autres Jean de Montfort, allié du roi d'Angleterre.

Avec quelques compagnons, Bertrand s'établit dans la forêt de Brocéliande. Malheur aux partisans des Montfort ! Ils sont sur le champ tués ou volés.

En 1350, Bertrand décide de prendre aux Anglais la redoutable forteresse de Fougeray. Ses hommes ne sont pas assez nombreux. Il a idée d'utiliser la ruse : déguisés en bûcherons après avoir caché leurs armes dans les fagots, ils pénètrent dans l'enceinte.

Du Guesclin est fait chevalier et entre au service du roi de France, Jean le Bon.

Envoyé outre Manche pour négocier le retour de Charles de Blois prisonnier, il ne craint pas de tenir tête au roi d'Angleterre.

En 1357, Pierre de Villiers le nomme capitaine de Pontorson.

À la bataille d'Auray, le 29 septembre 1364, Charles de Blois gît mort et Bertrand Du Guesclin est fait prisonnier.

Sa rançon payée, Charles V le charge de conduire les troupes en Espagne pour soutenir Henri de Trastamar contre Pierre le Cruel. Ils vont de victoire en victoire.

Henri de Trastamar devient roi de Castille, Du Guesclin est de nouveau prisonnier, cette fois du Prince Noir.

À sa libération, Charles V le fait connétable de France,

Comte de Longueville, duc de Molina.

C'est au château de la Roche-Tesson en Cotentin « un don du roi » ou à Pontorson que du Guesclin aime vivre et se comporter en grand seigneur.

Il épouse en 1363 sa première femme Tiphaine Raguenel, savante en astrologie, qui lui apporte la science alliée à la beauté.

Au Mont-Saint-Michel, elle se plaît à lire dans les astres le destin de son époux.

Chambellan, capitaine, connétable... Du Guesclin cumule les charges et il veille à ce que ses gages soient augmentés en fonction de celles-ci.

En 1373, il épouse Jeanne de Laval, une femme de grande noblesse. Il n'a pas d'enfant légitime et distribue avec générosité sa fortune.

Du Guesclin est partout avec Olivier de Clisson. Il reçoit les clefs de la ville de la Rochelle. En Bretagne, les chevaliers l'appellent pour repousser jusqu'à la mer les Anglais et le duc de Montfort. En Normandie, il investit les possessions navarraises. En Aquitaine, il enlève les places fortes anglaises.

Mais en 1378, quand Charles V reconnaît Jean de Montfort comme duc de Bretagne, Du Guesclin, loyal, préfère retourner en Espagne.

La maladie puis la mort frappent Du Guesclin le 13 juillet 1380.

Il a le privilège d'être enterré dans la basilique Saint-Denis, près de Paris, avec les rois de France, entrant ainsi définitivement dans la légende.

Vers l'âge de dix ans, mon frère Jean-Paul hérita d'un vélo noir désormais trop petit pour le fils de la maîtresse des lieux.

Le premier jour, Jean Paul fit des tentatives dans la cour pour apprendre. Je le regardais, l'œil goguenard, poser le pied à terre tous les mètres.

Je commençai à le taquiner en lui disant qu'il n'y arriverait pas, prétendant que, moi, je savais et pas lui... Ce qui était complètement faux puisque je n'étais jamais montée sur un vélo.

Fatigué de ses échecs et de mes railleries, persuadé que j'allais m'étaler au sol et qu'il pourrait se moquer à son tour, mon frère me tendit le vélo : « *Vas-y puisque tu sais !* »

Je relevai le défi.

Hardi petit ! J'enfourchai le vélo trop grand pour moi, mais qu'importe, j'avais un défi à relever.

Je traversai toute la cour en longueur, sans poser le pied par terre et du premier coup.

Mais au bout de la cour, il fallait bien que je m'arrête et je dus poser un pied sur le sol. Ce que je n'avais pas calculé, c'est que ce vélo de garçon, muni d'une barre au milieu, était, de surcroît, trop grand pour moi.

« *Aïe, aïe, aïe je me suis cassé « l'abricot » sur la barre !* ». Cependant, ma fierté l'emporta. Je tendis son vélo à mon frère et lui dis en serrant les jambes et les dents : « *Tiens le voilà ton vélo ; c'est pas difficile !* ».

Mon frère, médusé, ne remarqua pas ma démarche raide. Je disparus le plus vite possible pour me tordre de douleur et laisser couler mes larmes.

Ma scolarité fut une catastrophe, une vraie Bérézina.

Je me faisais pourtant une fête de mon premier jour en C P !

Je m'étais installée au deuxième rang.

Sur le tableau noir, il y avait beaucoup de lettres mais la maîtresse nous montra le « i » toute la journée. Nous n'avions droit qu'au « i ». Je trouvai ça frustrant mais me dis que, le lendemain, nous étudierions une autre lettre. Et le lendemain, déception ! Encore le « i ».

Bon, ça allait ! On l'avait déjà rabâché toute la journée de la veille, ça suffisait, j'attendais la suite.

Ouf! Le « a » arriva (enfin !) au bout d'une semaine et ce fut la même chose que pour le « i ». Le temps me durait. Je regardais par la fenêtre, au plafond, sur les murs...

La maîtresse en eut vite assez de mon petit manège et décida de me mettre au dernier rang au fond de la classe.

A l'époque, j'avais de graves problèmes aux yeux. J'ai subi deux interventions chirurgicales à l'âge de onze ans ; jusque là j'avais une très mauvaise vue.

Au fond de la classe, en raison de mes problèmes d'yeux, je ne voyais évidemment rien de ce qui était écrit sur le tableau noir. Le découragement m'envahit. Je faisais au mieux pour faire fonctionner mes oreilles, mais ça ne suffisait pas pour que je suive correctement la classe.

J'étais souvent punie de récréation. La punition consistait à me laisser debout à côté des maîtresses assises en rond qui discutaient. J'écoutais tout ce qu'elles disaient. J'étais avide d'entendre les grandes personnes parler entre elles car elles savaient un tas de choses qui m'intéressaient.

Les jeux de mes camarades ne me passionnaient pas, je les trouvais dénués d'intérêt.

Je voulais vite devenir adulte et tout savoir comme les grandes personnes c'est pourquoi j'en vins à me faire punir exprès pour la récréation.

Un jour, les institutrices s'aperçurent que je les écoutais et la mienne décida de changer de tactique. Elle me fit mettre debout mais dans un coin de la classe, le visage tourné vers le mur, les mains dans le dos.

C'était la tuile pour moi. Il fallait que je trouve quelque chose.

Je décidai de faire pipi debout et j'imaginais déjà un torrent d'urine inondant toute la classe, entraînant mes camarades, les tables et la maîtresse.

Je me suis forcée, je n'en avais pas trop envie. L'urine coula doucement le long de mes jambes, commença par remplir mes chaussures avant de faire une toute petite tache sur le parquet.

« *Maîtresse, maîtresse elle a fait pipi par terre!* ».

Et ce fut le branle-bas de combat dans la classe, toutes mes camarades voulaient voir.

Ce que j'y ai gagné?

A partir de ce jour, à chaque fois que je levais la main pour demander à aller aux toilettes la maîtresse m'y envoyait tout de suite, alors qu'auparavant, elle refusait toujours!

En CE 2, ce fut pire.

Au fond de la classe, il y avait une cloison dans laquelle juste une petite porte était découpée. Derrière, une toute petite pièce servait de débarras.

Dès le premier jour de la rentrée, la maîtresse m'envoya dans ce débarras. Sur les murs, pendaient des cartes du monde et d'anatomie.

La maîtresse m'avertit d'emblée: « *Voilà ton cahier du jour. Tu feras ce que tu veux, je ne le ramasserai jamais. Je ne veux pas te voir ni t'entendre* ».

Toute l'année se passa ainsi. J'ai construit dans ce placard tant de châteaux en Espagne que les ruines me suffiront.

Le résultat de cette méthode éducative? À douze ans, j'étais complètement illettrée. J'écrivais « j'ai », « jé » ou encore « gé »... selon le jour et l'humeur.

À la maison, traînaient des *Sciences et vie* dont les images m'attiraient. Je décidais de déchiffrer les explications qui les accompagnaient. Ce qui m'attirait le plus c'était l'atome, les dinosaures, les étoiles.

Dinosaures

Terre au goût de soufre où
Grondent les volcans méchants
Ta folie des grandeurs te perdra

Strate blanche dans l'empreinte du sol
Strate noire comme un linceul
Marque la fin de ton règne

Dans l'espace interstellaire
Tu accouches d'un petit dinosaure
Qui est né de la genèse des temps

D'écailles de cuirs ou de plumes
Dinosaure tu dors depuis 65 millions d'années
La terre porte en elle le bruit

De tes combats de titan
Carnassiers jamais rassasiés
Crétacé c'est assez

Dans l'empreinte du sol tu dors
Toi le petit dinosaure ton sort
Est venu jusqu'à nous.

Lorsque j'eus quatorze ans, Madame ma mère me fit entrer dans un centre d'apprentissage qui se trouvait dans l'enceinte du lycée d'Arsonval à Brive, en Corrèze.

J'y fus admise en demi-pension. Je prenais mes repas au lycée mais j'étais logée chez des particuliers, en ville au numéro 4 du boulevard Puyblanc.

On entrait par la petite rue à l'arrière de cette maison où habitait une vieille et brave dame avec son fils, professeur de latin.

Cette maison avait une particularité : l'été, sur la pelouse devant la porte donnant sur le boulevard, broutait une gazelle.

Le fils l'avait rapportée de son service militaire en Algérie.

L'hiver, la gazelle était dans la cave bien au chaud où elle avait un enclos. Bien traitée, elle n'y vivait pas confinée dans le noir. Je lui apportais parfois des friandises.

Je suis restée un an et trois mois dans ce centre d'apprentissage. J'y préparais un CAP de couture, normalement en trois ans

Je rentrais tous les quinze jours chez moi. Je prenais le bus place Winston Churchill.

Je me rappelle très bien les chauffeurs des bus qui attendaient l'heure du départ et bavardaient entre eux. Ils parlaient d'un certain, Patrick… que nous connaissons tous aujourd'hui sous le nom de Patrick Sébastien.

Ils racontaient que sa mère l'avait inscrit au rugby en espérant que cela calmerait ce jeune homme fougueux.

On racontait que Patrick semblait bourré de talents et avait un avenir prometteur.

De moi, on disait que je ne ferais jamais rien de bien dans la vie, ce qui me motivait davantage : j'avais décidé de mettre les bouchées doubles pour apprendre.

Au bout d'un an et trois mois, aux vacances de Noël, Madame me mère m'apprit que je ne retournerais pas au centre à la rentrée. Confrontée à d'importants problèmes financiers, elle ne pouvait plus payer mes études.

Je suis entrée dans la vie d'adulte avec un sérieux handicap, ne sachant pas écrire.

Mes pas m'ont portée jusqu'à Paris pour le travail.

J'avais envie de prendre des cours de comptabilité. Je me suis donc inscrite, mais, sur le dossier, on exigeait le niveau de la classe de troisième, niveau auquel je ne pouvais évidemment pas prétendre. Je l'ai dit, en toute franchise… et mon dossier fut purement et simplement rejeté.

Plus tard, je suis arrivée dans la région de Niort.

Un organisme de formation proposait la préparation à un CAP de comptabilité pour adulte sur deux ans.

Là aussi, à l'inscription, on demandait le niveau troisième. Cette fois, j'y suis allée au culot. J'ai affirmé que j'avais le niveau requis.

Je n'étais pas à l'aise en cours ; j'essayais de me faire oublier pour ne pas à avoir à répondre à certaines questions qui auraient fait découvrir ma supercherie. Je travaillais comme une dingue.

En janvier de la deuxième année, les professeurs ont incité ceux qui étaient prêts pour le CAP à se présenter en février.

Nous étions soixante, nous nous sommes tous présentés.

Sur ces soixante, seulement quatre ont été reçus et je faisais partie de ces quatre !

Quel beau pied de nez à tous ceux qui m'ont rabâché des centaines de fois que je ne ferais jamais rien dans la vie !

La seule chose qui me désole encore aujourd'hui, c'est que je fais beaucoup trop de fautes d'orthographe.

Quand on a presque tout raté, il faut réussir le récit de ses malheurs !

Je regrette de n'avoir pas pu avoir une scolarité comme tout le monde. J'aurais aimé suivre des études supérieures mais le destin en a décidé autrement.

Née sous le signe de la vierge, je suis un être double. Il y a la vierge sage et la vierge folle en moi : je suis les deux, capable du meilleur comme du pire.

À douze ans, je voulais être soit sage-femme soit pilote d'essai d'avion, deux oppositions.

Très secrète, je suis dotée d'une personnalité pas très ordinaire.

Si on jouait à « Si j'étais », mes réponses surprendraient :

– si j'étais une femme : je serais Cléopâtre

– si j'étais un homme : je serais Einstein,

– si j'étais un livre : je serais un livre de contes pour enfants

– un arbre ? Un cèdre du Liban

– une maison ? Une petite chaumière dans une clairière en plein bois

– une arme ? Un avion de combat

– si j'étais un objet : je serais un stylo en or dans les mains d'un écrivain.

– si j'étais un animal : je serais une otarie.

– si j'étais une chanson : je serais une comptine pour enfants.

Madame ma mère avait une petite propriété dans les bois à Villac, un endroit très renommé pour ses champignons.

Le terroir était unique : on y trouvait cèpes, girolles, trompettes de la mort, oronges… à profusion.

Les gens venaient de très loin pour la cueillette à tel point que les propriétaires des bois durent interdire ces ramassages.

Il y avait tellement de monde qui y venait que tous les sous-bois étaient piétinés et dévastés.

Les cueilleurs ne venaient pas seulement pour leur consommation personnelle mais ils allaient aussi vendre les champignons au marché.

Compte tenu du prix de vente élevé des cèpes et des girolles, ces cueillettes constituaient une bonne source de revenu pour celui qui s'en occupait sérieusement.

Les gens ouvraient les clôtures pour passer, oubliaient de les refermer derrière eux ; les bêtes s'échappaient de leur enclos.

Moi, habitant Villac, je pouvais aller et venir à ma guise.

Je partais seule dans les bois, à l'aventure, parfois loin de la propriété de Madame ma mère.

Je ne me suis jamais perdue, j'ai toujours retrouvé mon chemin, mais je n'avais pas beaucoup à courir pour faire la cueillette : on trouvait toutes sortes de champignons autour de la propriété de Madame ma mère.

Quel parfum ! Quelle qualité gustative ! Je n'ai jamais retrouvé tous ces arômes ailleurs.

Les truffes présentent une source de revenu encore bien plus attractive que cèpes ou girolles.

Poussant sur les racines des chênes ou des noisetiers au mois d'août, ce champignon ne mûrit que l'hiver venu.

Pour avoir une bonne truffe de qualité, il faut que la gelée soit passée dessus. En fait, il s'agit d'une maladie du chêne qui se développe sur les racines des arbres infectés.

Autrefois, les paysans élevaient un cochon pour les chercher, aujourd'hui les chiens les remplacent.

Le propriétaire d'une truffière ne vous dira jamais combien il a gagné dans son année avec ses truffes, c'est « top secret ».

L'année de mes quinze ans, à mon retour du centre d'apprentissage, Madame ma mère me plaça comme petite bonne chez des gens qu'elle ne connaissait pas mais dont elle avait eu l'adresse par une amie.

Ces gens avaient une superbe villa dans le midi au-dessus de Grasse.

Ma patronne rentrait tous les matins à six heures dans ma chambre, ouvrait la fenêtre en grand, m'arrachait draps et couvertures sans s'occuper de savoir si j'étais réveillé et mettait le tout à la fenêtre. Ensuite, elle me donnait ses ordres pour la journée et elle repartait se coucher.

Elle me faisait laver le sol de la villa à l'eau de Javel pure, sans gants et à genoux, m'interdisant le balai-brosse qui, soi-disant, n'allait pas dans les coins. J'avais tout le bas de ma robe bleue décolorée et agressée par l'eau de Javel. Je ressemblais à une souillon.

L'après-midi, elle me donnait le linge à repasser, me recommandant de ne pas faire de bruit car elle partait faire la sieste.

Le soir, je me couchais épuisée et m'endormais tout de suite. Je ne demandais pas mon reste.

Je fis la connaissance d'une petite voisine un peu plus âgée que moi qui avait été bonne chez ces gens là.

Elle me raconta que l'été, c'était le défilé des invités, que le travail commençait à cinq heures du matin, que le soir, je ne me coucherais pas avant minuit, le temps de tout ranger!

Je me dis que je ne tiendrais pas le coup et je décidai de les quitter.

J'allai trouver d'autres personnes en vacances à Saint-Raphaël qui cherchaient une employée de maison.

La patronne était hystérique, elle ne faisait que crier sur tout... et de préférence sur moi.

A la fin des vacances, nous rentrâmes à Paris, leur lieu de résidence. Le jour de notre arrivée, je constatai qu'il n'y avait pas de chambre pour moi, pas plus que de lit d'ailleurs.

Ce premier soir, ma patronne sortit, me laissant seule, sans me dire où je devais dormir.

Je m'allongeai sur le canapé et m'endormis. À minuit, lorsqu'elle rentra et me découvrit, elle se mit à hurler, me reprochant de ne pas être allée me coucher ! « *Mais où ?* »

Elle ouvrit un fauteuil qui faisait lit. Je n'en avais jamais vu, je ne pouvais pas deviner !

Elle ouvrit une armoire, me jeta à la figure draps et couvertures. Je n'avais pas le culot de fouiller les armoires et de toutes façons, je n'aurais certainement pas pris ce qu'il fallait.

Quelques jours plus tard, ma patronne m'emmena à la gare et je retournais à Villac, le cœur soulagé de rentrer chez moi.

À l'automne, je trouvai du travail dans une usine de confection pour homme à Terrasson.

Villac/Terrasson : dix kilomètres. Le premier mois, j'ai fait le trajet en vélo, matin et soir. Avec ma première paye, je me suis acheté une mobylette bleue à crédit.

Ce n'était pas « la bicyclette bleue » mais la mobylette bleue que bien des jeunes ont connue, à l'époque.

C'est là que je fis la connaissance de Lolita qui travaillait, elle aussi, dans cette usine.

Cet hiver-là fut terriblement froid. Dans la forêt entre Villac et Terrasson, la gelée ne fondait pas de la journée, nous avons eu des moins 20 °C.

Je superposais vêtement sur vêtement mais un endroit de mon corps moins protégé avait gelé. Je gardais des années une sensation de chair morte avec une brûlure.

Un matin, mon frère Jean Paul, toujours plein d'attentions à mon égard, ne trouva rien de mieux que de cracher dans mon bol de petit déjeuner auquel je n'avais pas encore touché. Un vrai gros crachat, bien écoeurant qu'il était allé chercher tout au fond de sa gorge. Il n'y avait plus ni lait ni rien d'autre à manger. Je partis travailler et affrontai le froid, le ventre vide. Je dus attendre midi pour pouvoir avaler quelque chose.

Madame ma mère

Moi, à 18 mois

Cette même année de mes quinze ans, ma grand-mère mourut. Nous l'avons fait enterrer dans le petit cimetière de Villac.

Le cimetière se situe un peu à l'écart du village, du côté de la maison de Madame ma mère, pourtant, pour y aller, nous devions passer par le village et faire un grand détour.

J'allais souvent sur la tombe de ma grand-mère mais je ne faisais pas le grand détour, j'enjambais les clôtures et me retrouvais derrière le cimetière, là où personne n'allait jamais.

Ce jour là, j'arrivais comme d'habitude par l'arrière. Quelle ne fut pas ma stupeur ! Je fus saisie d'horreur. Un enterrement avait eu lieu quelques jours auparavant. Un cercueil était posé là. Son fond pourri était désolidarisé de l'ensemble, il restait juste encore un peu de vernis sur le couvercle.

Je compris tout de suite ce qui s'était passé. Les fossoyeurs, en ouvrant le caveau qui devait être plein de l'eau des sources coulées sous le cimetière, avaient trouvé le cercueil et l'avaient fait disparaître pour ne pas que la famille voie le résultat. Mais où se trouvait à présent le mort qui était à l'intérieur ?

Il devait être au fond de l'eau dans le caveau. Mais pourquoi n'avaient ils pas replacé le cercueil dans le caveau après l'enterrement ? Mon sang se glaça dans mes veines et une colère sourde monta en moi. Je descendis au village. Sans frapper, j'entrais chez le maire et sans même lui dire bonjour, je l'interpellai. J'enrageais du haut de mes quinze ans et demandais des explications à cet homme de cinquante ans.

Il parut d'abord très gêné de ma trouvaille, visiblement il était au courant. Il reprit ses esprits et finit par me dire de m'occuper de ce qui me regardait.

Je sortis en lui faisant honte pour le non-respect des morts.

L'année suivante, je me suis retrouvée dans un escalier face à un homme ivre avec un fusil dans les mains.

L'homme me regardait fixement ; Il prit tout son temps pour mettre une, puis deux cartouches dans son fusil.

Un léger sourire sur les lèvres, il me posa l'arme sur le front et me dit : « *Je vais te tuer* ».

Je réfléchis très vite et analysai la situation. L'homme était en équilibre sur une marche, il titubait, il était ivre.

Il avait le doigt sur la gâchette de son fusil.

De deux choses l'une, ou il avait bien l'intention de me tuer et vu l'endroit où il avait appuyé le canon de son fusil, les choses se passeraient très vite, je n'aurais pas le temps de souffrir ;

ou bien il ne faisait que m'intimider et il ne tirerait pas. Mais le danger venait du fait qu'il était ivre et qu'il titubait.

Si, pour une raison ou pour une autre, il venait à perdre l'équilibre, vu qu'il avait le doigt sur la gâchette, le coup pouvait partir de manière involontaire.

Je décidai de ne pas bouger, de ne pas parler. Je plantai mes yeux dans les siens et ne les lâchai plus.

Savez-vous ce que l'on voit lorsqu'on est dans cette position ? Au premier plan, la gâchette du fusil, le doigt de l'homme sur la gâchette, puis les yeux de l'homme… et on entend sa voix qui résonne : « *Je vais te tuer* ».

Il titubait. Je n'ai pas baissé les yeux, c'est lui qui les a baissés. Il a ôté son arme de mon front, l'a abaissée.

Il eut un sourire gêné. Il ne devait pas s'attendre à ma réaction. Il me dit : « *Tu as eu peur, hein ?* ».

Je ne répondis pas et passai mon chemin.

Je ne me suis pas vantée de cette aventure, comme d'habitude.

CINQUIÈME CHAPITRE

Après être passée à la gendarmerie donner ma lettre expliquant mon départ du domicile conjugal, je pris la route du marais pour aller me réfugier chez Sullivan.

Un sentiment de liberté m'envahit. Je roulais vers la délivrance tel un papillon sortant de sa chrysalide.

Sullivan et sa femme m'accueillirent. Ils m'ont donné leur chambre et eux, se sont installés sur le canapé.

Ils m'ont aidée à trouver un appartement à Niort, un petit meublé de 35 m?

Je n'avais ni meubles ni les moyens de prendre un appartement plus grand, l'avenir pour moi était incertain.

J'ai dû acheter un minimum de choses : vaisselle, draps, couette, télévision... Heureusement pour moi, j'avais mis de l'argent de côté pour payer les dettes du ménage.

Il restait encore trois crédits sur la maison et un autre pour la voiture que le Merle venait de s'acheter.

J'ai soldé tous les crédits, même celui de la voiture du Merle. Il ne m'a évidemment pas dit « merci » mais je voulais laisser place nette derrière moi.

Mon amie Dominique qui habite Niort s'est beaucoup occupée de moi au début de mon arrivée en ville. J'étais un peu perdue et son soutien me réconforta.

Une procédure de divorce fut entamée, elle dura trois ans. Le divorce fut prononcé aux torts réciproques. Au Merle, on reprochait l'infidélité conjugale et à moi d'avoir quitté notre domicile sans autorisation. J'aurais bien aimé le voir à ma place, le juge !

Le Merle était comme un coq en pâte : il avait toute la maison et son contenu à sa disposition, gratuitement, plus d'emprunts à rembourser.

Il ne s'entendait pas avec son fils qui était resté avec lui et il finit par mettre Ludovic à la porte. Ce dernier se retrouva SDF, tantôt à droite, tantôt à gauche.Le Merle racontait partout que j'étais la femme de sa vie, qu'il avait l'intention de vendre notre maison pour en acheter une autre de plain-pied pour que j'y soie bien. Il ajoutait cependant que je délirais, que je racontais n'importe quoi, que j'avais des hallucinations.

J'avais vu des choses dans la chambre de Romuald, ce n'étaient pas des hallucinations ! J'étais la seule à savoir et à l'accuser. Or, s'il parvenait à faire croire que je n'avais pas toute ma tête, lui, il pouvait peut-être sauver la sienne au tribunal.

Presque tout le monde s'est rangé de son côté. Il faisait une telle propagande qu'on se serait cru en période d'élection !Je ne suis pas entrée dans son jeu. De mon côté, je ne lui ai pas fait de publicité auprès de nos amis communs. Je me suis faite la plus discrète possible.

J'ai demandé à me faire examiner par un psychiatre pour prouver que j'étais bien normale. Le Merle s'est alors payé le culot d'appeler ma famille pour demander de mes nouvelles. Décidément, il en remettait une couche !

Ce qu'il ne leur a pas dit, c'est qu'à moi, il n'a jamais téléphoné pour s'informer de ma santé.

Un jour où j'étais tombée dans ma douche (j'en porte encore les marques trois ans après), je n'ai pas réfléchi car j'étais sonnée et je l'ai appelé. Pour toute réponse, j'ai entendu : « *Et alors ?* » et il a raccroché !Cet homme aurait dû être comédien. Il a loupé sa vocation. Nous avons mis la maison en vente et lui s'en est acheté une autre sur-le-champ.

Quand il a déménagé, il a tout emporté. Pas de partage.

Après la vente de notre maison, j'ai fait bloquer l'argent en attendant de voir la suite. Je n'avais pas l'intention de lui faire cadeau de ma part de mobilier.

Plus personne ne me parlait sur la commune. Seules deux ou trois personnes m'ont gardé leur amitié. La plupart des gens me tournaient le dos et faisaient comme s'il ne me connaissaient pas. J'étais devenue une dénonciatrice, une pestiférée.

Le pire, c'est que ces mêmes personnes, lorsqu'elles entendent une histoire de pédophilie à la télévision, sont les premières à crier au scandale. Quand cela se passe à leur porte, il n'y a plus personne...

Moi, je n'avais quasi plus d'amis mais le Merle en conservait de nombreux. Heureusement pour moi, par la suite, j'ai noué de nouvelles relations amicales sur Niort.

Le premier contact que j'eus avec le Guerrier de passage fut un coup de fil. Ma voix l'avait interpellé. Intrigué, il voulait mettre un visage sur cette voix.

Il m'invita au restaurant et notre première rencontre fut arrosée par une pluie battante. Au restaurant, le courant passa très vite ; il remarqua que j'avais de jolies mains.

Le Guerrier de passage a énormément d'éducation et de savoir-vivre, probablement le reste de sang bleu qui coule dans ses veines. Il ne fait pas déballage de son intelligence ni de son instruction.

Élevé dans l'hôtel particulier de ses parents à Nantes, il passa avec succès son baccalauréat, obtint un premier prix d'histoire et alla user ses fonds de pantalon sur les sièges de la faculté de droit.

Plus tard, le Guerrier de passage se maria, eut deux filles qu'il adore, divorça, mais ses enfants lui manquaient. À la demande de sa fille aînée, il accepta de revenir vivre au foyer et reprit la vie de couple.

Sa femme a sûrement su le manipuler et le culpabiliser de les avoir quittées. Lorsqu'il parle d'elle, le Guerrier affirme que c'est une scientifique, ce qui fait bon effet dans la conversation, mais il devrait préciser qu'à la maison, il joue le rôle du larbin ! Le Guerrier de passage fait tout chez lui, les courses, la cuisine, le repassage, le ménage...

Ce garçon est bourré de qualités et d'expériences et je crois que Madame sait en user et en abuser. Le plus étonnant, c'est qu'elle le trompe. Il sait avec qui mais ne dit rien.

Le Guerrier a une place difficile au sein de sa famille : il fait partie de la troisième génération. Un gros handicap pour réussir dans la vie, même s'il n'en a pas conscience.

Pourtant, c'est bien connu : la première génération fait fortune, la seconde en profite et la troisième dilapide tout.
Son frère s'inscrit complètement dans ce schéma. Il ne fera jamais rien dans la vie et vivra toujours aux crochets de ses parents.

Pour le Guerrier, ce n'est pas la même chose. Après avoir commis un certain nombre d'erreurs au début de son existence, son charisme et son instinct d'homme d'affaires ont repris le dessus. Il s'est imposé un certain nombre d'objectifs et, à force de travail et de ténacité, on peut dire qu'il a réussi dans la vie.
Le Guerrier travaille pour une société à Niort. Au bureau dès sept heures et demie, il n'en ressort qu'à vingt heures, sans avoir toujours pris le temps de déjeuner.
En parallèle, il gère son propre cabinet d'immobilier avec un collaborateur, à Nantes où il a d'ailleurs son domicile.
Tout cela conduit le Guerrier à effectuer plusieurs fois par semaine le trajet Niort-Nantes.
Momentanément, il ne peut pas travailler uniquement sur Nantes en raison de la clause de non-concurrence d'un contrat. Quand j'ai connu le Guerrier, il ne devait pas rester à Niort plus de trois ou quatre mois.

Je le surnommais très vite le Guerrier de passage. *Le Guerrier* pour sa force de caractère dans les affaires, *de passage* pour la bonne raison que trois ou quatre mois c'est bien court et qu'il ne ferait donc que passer dans ma vie.
J'allais de surprise en surprise avec le Guerrier en découvrant tous les points communs que nous pouvions avoir. Les mêmes goûts, les mêmes idées... je n'avais jamais rencontré quelqu'un qui me ressemble autant. J'avais souvent l'impression d'avoir mon jumeau devant moi.

Mon ami Charles de Toulouse, parkinsonien comme moi, est venu me rendre visite avec son camping-car.

Nous décidâmes d'aller faire une virée de deux jours dans les alentours ; Nous partîmes en chantant. Nous avons commencé par La Rochelle où nous avons passé la journée.

La Rochelle fondée au Xe siècle sur une plate forme rocheuse, n'était alors qu'un modeste village de pêcheurs, mais devint, deux siècles plus tard, un port important doté en 1199 par Aliénor d'Aquitaine d'une charte de commune. La puissance rochelaise s'appuyait à cette époque sur le commerce du sel et du vin.

Capitale de protestantisme français, la ville qui menaçait la politique d'unification entreprise par Richelieu eut à subir de durs sièges.

Il faut attendre le XVIIIe siècle, le sucre des Antilles, le commerce triangulaire et les fourrures du Canada pour que les armateurs rochelais redonnent à la ville l'éclat de ses activités passées.

À l'aube du XXIe siècle, riche d'un passé glorieux, La Rochelle est devenue un haut lieu du tourisme doté d'infrastructures modernes.

Nous nous sommes promenés sur le vieux port et avons admiré les fameuses tours : celle de la Chaîne construite de 1382 à 1390 et qui conserve toujours à son pied la chaîne qui fermait le port, celle de la Lanterne dite aussi des quatre sergents. Haute de 70 mètres, surmontée d'une flèche gothique octogonale, la tour servit tout au long de son histoire de phare et de prison. En

1822, deux des quatre sergents Carbonari y furent emprisonnés avant leur exécution à Paris.

La tour Saint Nicolas, édifice militaire, véritable donjon seigneurial tourné vers la mer, symbolise la puissance et la richesse de La Rochelle.

Nous finîmes notre visite par l'aquarium, le premier né des grands aquariums européens du troisième millénaires qui propose deux heures de voyage en Atlantique, en Méditerranée et sous les tropiques. Trois millions de litres d'eau de mer répartis en soixante-cinq aquariums présentent dans leur décor naturel quelque dix mille représentants de la faune sous-marine.

Nous avons fait quelques courses pour le soir et nous sommes partis pour passer la nuit entre La Rochelle et Rochefort, au programme de notre journée du lendemain.

On trouve dans cette ville, la plus originale des demeures du XIXe siècle.

Officier de marine et écrivain, Pierre Loti a rapporté de ses nombreux voyages à travers le monde objets, tentures, souvenirs, décors même, qui lui ont servi petit à petit, à transformer la maison familiale.

La salle Renaissance, la salle gothique, la mosquée, le salon turc et la chambre arabe nous transportent dans les mondes magiques et exotiques du Moyen Age et de l'Orient.

Pendant la visite, Charles sembla avoir attiré l'attention d'une petite brune. Elle lui lançait de petits sourires et je voyais bien que cela ne déplaisait à mon ami.

À la fin de la visite, je m'éloignai volontairement du groupe, pour laisser le champ libre à Charles.

Lorsqu'il vint me rejoindre, je lui demandai : « *Et alors ?* ».
« *Alors quoi ?* »
« *Tu lui as demandé son numéro de téléphone ?* »
« *Non, j'ai pas osé, elle était pourtant bien mignonne cette petite !* ».
Pour lui changer les idées, je l'emmenai voir le chantier de l'Hermione.

En 1780, La Fayette embarque à bord de L'Hermione, une frégate construite quelques mois plus tôt dans l'arsenal de Rochefort. Il part au secours de la jeune nation américaine combattant pour son indépendance.
La Fayette a vingt-trois ans. Sa mission : organiser politiquement et militairement le débarquement des régiments français qui viennent prêter main forte à Washington. Il débarque le 11 juillet 1780 à Newport.

En 1997, une nouvelle aventure commence à Rochefort : une réplique de l'Hermione est construite au cœur de l'ancien arsenal maritime. Le chantier est ouvert au public qui peut ainsi suivre l'évolution des travaux.

Lorsque nous sommes ressortis de la visite de L'Hermione, il était trop tard pour aller voir la Corderie Royale, construite sous Louis le quatorzième par Colbert, en 1666.

Et nous voilà repartis sur la route du retour en chantant… Charles chante juste mais a la voie cassée par la maladie de Parkinson. Quant à moi, je chante faux.
La maladie nous rapprochait ; Quand il me disait : « *Stop, il faut que je me repose* », je n'étais pas loin de penser la même chose que lui. Nous savions parfaitement ce que l'autre ressentait.

Nous avons beaucoup parlé de notre maladie, sans craindre ni les critiques, ni les jugements de l'autre.

Charles était beaucoup plus au courant que moi de la recherche dans le monde et pour cause, il consultait régulièrement un site pour Parkinsoniens sur Internet. Il me conseillait de me mettre à l'ordinateur, précisant que, plus tard, lorsque je serais moins mobile, je pourrais communiquer, que je serais moins isolée.

Je n'avais jamais touché à un ordinateur de ma vie mais l'idée me séduisit.

Je lui montrai ce que j'écrivais pendant mes nuits d'insomnie. Il trouva mes poèmes intéressants, m'encouragea à continuer.

Très bon sportif, Charles pratiquait beaucoup la randonnée en montagne et était souvent parti par monts et par vaux pour grimper. Je lui ai écrit un poème.

À Charles mon ami

Toi, mon ami, dont les jours sont peuplés
De montagne, ne sois pas triste.
Ne cherche pas trop longtemps
Toi qui es venu à ma rencontre,
La musique est le secret de l'amitié.
Toi et moi ça fait beaucoup de monde.

Courir, faire naître un nuage
De sauterelles et de papillons.
Moi qui brûle ma vie
Aux quatre coins du temps
Quelque chose en moi
Retient mon cœur…

Courir après je ne sais quoi ;
Je vais me casser le cœur
Comme un oiseau fou
Prisonnier de sa cage.
Moi qui ne crois plus en rien,
Où sont passées toutes mes idées ?

Toi, mon ami qui souffre
Du même mal que moi,
Tu me tiens la main,
Tu m'entraînes sur ta planète,
Tu m'inondes de ta joie
De tes rires, de tes chants.

Toi, mon ami, mon rayon de soleil
Tu fais renaître en moi,
Les légendes oubliées,
Je suis fascinée par tes prouesses ;
Tu es venu à moi comme
L'edelweiss vient à la montagne.

Après le départ de Charles, je me suis renseignée pour savoir s'il existait des cours gratuits d'informatique.

Et j'ai trouvé. Le Conseil général avait lancé, dans le département des Deux Sèvres, « le Plan net », en clair il s'agissait de mettre des ordinateurs à la disposition du public.

Je sautai sur l'occasion. La personne responsable a mis un CD Rom dans le « bazar »… et débrouille-toi !

Au début, je ne comprenais même pas ce que me voulait cet ordinateur. J'ai fini, à force de recommencer, par comprendre, oh pas grand chose, mais de quoi taper mes poèmes, les sortir sur l'imprimante et aller sur Internet.

J'ai pris un abonnement pour consulter le site PKL pour Parkinsoniens qui est ouvert à tous et aussi recevoir les e-mails.

Pour me présenter, j'ai envoyé le message suivant:

Bonjour vous.

Je me jette à l'eau. J'espère qu'il y a du fond sinon je vais me faire mal... Avec l'encouragement de mon ami Charles atteint lui aussi de la MP et que je salue au passage.

Je demande pardon au gentil monsieur qui est en train de me lire et de trouver scandaleux que j'ose écrire sur Internet avec des fautes d'orthographe.

Mais, monsieur, je fais tout ce que je peux, je suis à fond! Pardonnez-moi.

J'ai pris mon premier cours d'informatique en décembre 2002.

J'ai la MP depuis 96. Elle est apparue à la suite d'un choc émotionnel très important.

Je suis en arrêt de travail depuis le 3 janvier 2002.

Je vis à 100 à l'heure, je brûle ma vie aux quatre coins du temps.

Le temps d'une aube, le temps d'un crépuscule.

Pour que le temps se souvienne.

J'ai un moral de marathonien sauf quand je pleure et que je dis des bêtises à Parkinson. La dernière fois, en octobre, j'ai fait un tout petit poème.

Il y a toujours
Un rayon de soleil
Dans les larmes
Que je verse

Pleurer toute seule
En écoutant le vent
Il y a toujours
Un poème pour moi
Qui cherche
Un abri pour mon cœur.

Je me suis fait jeter. Je me gave de musique.
Je cache ma maladie je ne supporte pas le regard des autres.
Si vous voulez bien de moi, je me ferai toute petite.
J'essaierai de ne pas faire trop de vagues. J'essuierai mes pieds en rentrant.
Je dirai bonjour.
Je marcherai sur la pointe des pieds
Je vous tiendrai la main quand vous serez triste.
Je vous appellerai au secours quand mon cœur pleurera.
J'éteindrai la lumière en sortant.
Salut et à bientôt peut-être.
Je n'ai pas d'ordinateur. Je suis sur celui du Conseil général.

J'ai reçu de nombreuses réponses de bienvenue et mon ami Charles m'écrivit aussi : « *Quelle classe ! On peut dire que tu as réussi ta rentrée sur PKL et l'accueil qui t'a été réservé me réjouit.* »

Mais de nombreuses heures m'étaient nécessaires et il y avait de nombreuses demandes d'accès aux ordinateurs. On m'a fait comprendre que je devais réduire mon temps d'utilisation. Je ne pus que m'exécuter.

Je ne pouvais pas lire la totalité de mes messages, cela ne servait plus à grand-chose d'entretenir seulement des bribes de conversation. Je ne suivais plus.

J'attendais d'être licenciée pour toucher ma prime et m'acheter un ordinateur.

Je restais plus de quatre mois sans lire les messages et quand j'ai voulu lire de nouveau les e-mails, j'avais été désabonnée.

Je relançais l'abonnement mais j'avais perdu cinq mois de lecture. On ne peut pas tout avoir !

Je prenais un médicament pour la maladie de Parkinson, Les premiers temps, j'ai très bien supporté ce traitement. Mais au bout de trois ans, j'ai eu des œdèmes des membres inférieurs et surtout je me suis mise à avoir des crises de sommeil spontané.

Cela me prenait n'importe où, n'importe quand, sans vraiment prévenir.

Je m'endormais cinq voire dix minutes, je me réveillais comme si de rien n'était et je pouvais reprendre mes occupations.

J'ai tenté de lutter contre ces attaques. Plus je résistais, plus la crise se faisait insistante et surtout ne passait pas, alors que, si je laissais les choses se faire, j'en avais pour dix minutes.

Cela ne paraît pas très compliqué au premier abord, sauf quand les crises arrivent alors que vous êtes au volant, que vous avez un rendez vous et que vous êtes en retard.

Avec le temps, les crises devenaient de plus en plus rapprochées et de plus en plus fortes.

Une fois, de Niort à La Rochelle soit sur une soixantaine de kilomètres, je me suis endormie neuf fois au volant de ma voiture. Je me réveillais lorsque ma tête basculait sur le volant. Par chance, la route est large. Je redressais la voiture en catastrophe, juste avant le fossé.

À cette même période, je me suis endormie à un feu tricolore dans Niort. Des voitures me suivaient, pourtant, quand je me suis réveillée, il n'y avait plus de véhicules derrière moi.

Les personnes qui m'ont doublée ont bien dû voir que j'étais effondrée sur mon volant. Mais personne, ne s'est arrêté. Belle preuve de solidarité !

Ma neurologue changea immédiatement mon traitement et mes crises de sommeil ont disparu spontanément.

Je passais à la *L DOPA* qui, normalement, est le médicament par excellence de la maladie de Parkinson.

Les effets de ce médicament sont tels que les premières années sont appelées « lune de miel ». Pour moi, cette période n'a duré que trois mois.

Un jour, ma neurologue à laquelle je fais beaucoup de confidences, me conseilla, sur le ton de la plaisanterie, d'écrire un livre où je relaterais tout ce qui m'arrivait.

L'idée était entrée dans ma tête mais, en même temps, la démarche me paraissait totalement utopique.

Ce n'est que lorsque mon ami Charles m'encouragea à écrire que l'idée du livre a fait son petit chemin dans mon esprit.

Charles me dit de mettre mes écrits sur disquettes informatiques. J'ai donc appris, sur les conseils du Guerrier.

Un matin, le Guerrier de passage m'envoya un SMS :
– le Guerrier : *Bises sucrées*
– moi : *Bisous caramel.*
Le lendemain :
– le Guerrier : *Bises sucre candi*
– moi : *Bisous miel.*

Et c'était parti avec nos portables, nos SMS, nos jeux de mots... J'étais tombée sur quelqu'un d'aussi ludique que moi.

Nos SMS sont devenus tellement cocasses que je me suis mise à noter les siens.

Un soir après dîner, en sortant du restaurant, cela s'est terminé par un câlin. Nous n'avions rien prémédité, ni l'un, ni l'autre. Les choses se faisaient si naturellement entre nous que nous ne nous posions pas de questions.

Il m'a reconduite en voiture jusque devant chez moi où nous avons parlé encore un peu. Je ne l'avais encore jamais invité chez moi. Je l'ai averti : « *Je ne te promets rien et tu ne me promets rien* ».

Pour moi, il était hors de question que je m'engage dans une relation sérieuse, avec qui que ce soit d'ailleurs. Le Merle m'avait dégoûtée de la vie de couple et j'étais tellement bien, toute seule dans mon petit appartement.

Je suis un papillon
Tu as ouvert ta main
Je m'y suis posé
Ne la referme pas
Je suis un éphémère

Je suis un papillon
Sans lumière
Je cherche juste
Un rayon de soleil
Pour sécher mes couleurs.

Un soir, le Guerrier devait venir à mon appartement à vingt heures trente mais mon portable m'a joué un tour.

Je travaillais à mon bureau et ne me suis pas rendu compte de l'heure qui passait. Quand j'ai regardé ma montre, il était vingt-deux heures trente. J'ai cru qu'il m'avait posé un lapin.

J'ai reçu un SMS : « *J'arrive dans trente minutes* » mais je n'ai pas regardé l'heure de l'envoi. Vexée de son retard, je répondis « N*on* ». Plusieurs messages suivirent : j'avais l'impression d'un dialogue de sourds. Je finis par affirmer qu'il se fichait de moi.

Le Guerrier me répondit : « *C'est toi qui te fiche de moi J'ai attendu deux heures dans ma voiture et dans le froid devant chez toi. Tu n'as jamais répondu à mes SMS* ».

Du coup, j'avais besoin de plus d'éléments pour comprendre. Je l'appelai et nous nous sommes expliqués. C'était tout bête : mon portable ne m'avait pas transmis les messages en temps voulu.

Le Guerrier était reparti à son hôtel. Il était vingt-trois heures trente. Il me demanda s'il pouvait venir, je répondis par l'affirmative.

Nous tombâmes dans les bras l'un de l'autre.

Le lendemain.

– SMS du Guerrier : *Je tiens à toi.*

Je constatai que moi aussi je tenais à lui. Ce n'était pas prévu dans mon programme.

Je me débattais contre cet amour. Je n'en voulais pas.

– le Guerrier : *Bonsoir ma douce, je vais te faire un petit message pour le week-end qui arrive.*

– Lorsque nos corps sont ensemble enlacés, je ne sais pas où commence le mien et où se termine le tien. Je ne sais pas si ce sont mes mains ou les tiennes, si c'est ma bouche ou la tienne. Je ne sais pas si nous ne faisons pas qu'un.

– J'ai besoin de toi, j'ai besoin de ta douceur, j'ai besoin de tes mots, de tes câlins, de tes côtés coquins.

– Je te dis à demain, je te dis à tout à l'heure, parce que, ou que je sois, tu es avec moi, je suis avec toi, je t'aime.

Peu après, nous eûmes la confirmation que le Guerrier resterait sur Niort plus longtemps que prévu. Cela a eu pour effet de me calmer et de me faire accepter cet amour.

La vie venait de me faire un cadeau et je ne devais pas le rejeter.

Je voulais maintenant brûler le temps qui nous restait et nous devions le brûler ensemble. Le Guerrier resta un an et demi sur Niort.

– le Guerrier ; message : *Bonsoir mon cœur, bonsoir mon amour.*

– Je vais encore t'aimer demain. Je vais encore t'aimer comme un fou. Je veux encore sentir le souffle de ta bouche, sentir l'odeur de ta peau, découvrir ton corps, m'enrouler dans tes bras, mettre du désordre dans ton lit, retourner la couette et perdre mes chaussettes.

– Demain je veux t'aimer encore, je veux t'aimer pour le temps qui nous reste. Je veux le brûler avec toi, c'est toi qui as raison brûlons le, brûlons le.. à demain mon amour. Je t'aime.

Nous avions l'habitude de nous arracher nos vêtements l'un l'autre et de les jeter au travers de la pièce, ils tombaient un peu partout. Un soir, le Guerrier ne retrouva qu'une seule chaussette, nous l'avons cherchée sans succès. Je l'ai retrouvée quinze jours plus tard derrière l'étagère de la chambre.

Je me débattais encore contre cet amour et je le lui faisais payer ; je ne répondais pas toujours à ses messages.

– le Guerrier ; SMS : *A demain Madame je pourrai t'appeler à partir de neuf heures et demie, si le cœur t'en dit et si tu as fini de bouder comme une sale gamine, bisous saloperie, je t'aime.*

– le Guerrier ; SMS : *Bonjour toi. J'espère que tu vas sortir de ton mutisme, fillette, parce que je ne suis pas à prendre avec des pincettes.*

J'étais méchante avec lui. Un jour, je l'ai traité de cocu.

Le Guerrier ; SMS : *Le cocu a bien reçu le message et sera disponible en fin de journée pour réponse adéquate.*

J'avais du mal à supporter ses absences du week-end.

– Moi :

Mes week-ends de solitude
La douleur m'étreint sans toi
Parfois j'ai envie de mourir
Je crois toujours guérir le lundi
Mais je sens les brûlures
Qui reviennent le vendredi

Aujourd'hui c'est l'automne
Qu'il est loin le printemps
Ma douleur est à demeure
Je sais qu'il me faut survivre
Tu as gravé tes initiales
Au fer rouge sur mon cœur

Comment t'oublier ?
Tes lettres de feu sur mon cœur
Me torturent, me mettent au supplice
Ma liberté a un goût de prison
J'avais oublié que tu avais des chaînes
Je le porterai en moi comme un enfant.

Nous avions pris l'habitude de nous vouvoyer ou de nous tutoyer, selon l'humeur du moment. Cela devait venir de nos éducations respectives.

Ou encore nous échangions parfois en petit nègre.

Le Guerrier ; SMS : *Bonjour ma squaw, toi avoir bien dormi ?*

– Moi ; SMS : *Squaw avoir fait de la moto sans casque, moi avoir pris coup de soleil sur la tête, moi toute rouge.*

– Le Guerrier ; SMS : *Grand chef a parcouru les vallées pour ramener médecine pour tête en peau de fesse de babouin.*

– Moi ; SMS : *Squaw être descendue à la rivière pour demander à l'esprit du grand castor, comment lui tout faire avec sa queue, moi rapporter potion pour grand chef.*

– Le Guerrier ; SMS : *Grand chef, lui pas vouloir casser branches avec sa queue.*

J'avais l'habitude d'écrire des poèmes au Guerrier. Il n'a pas être en reste.

Ce fut en octobre, un jour de pluie,
Que nos destins se sont croisés
Tu voulais savoir qui j'étais
Et moi, celle qui m'avait intrigué.

Pour toi et moi, il y a décalage horaire
Nos vies se croiseront un temps trop court
Pour toi et moi, il y aurait eu tant à faire
Si le temps ne nous avait pas joué un tour.

Pourquoi ce lundi soir, après dîner
Le besoin de l'un et celui de l'autre
Nous a de si près rapprochés ?
Oh ! Bien sûr, nous en avons fait d'autres

Pour toi et moi, il y a décalage horaire
Nos vies se croiseront un temps trop court
Pour toi et moi, il y aurait eu tant à faire
Si le temps ne nous avait pas joué un tour.

Et puis nous nous sommes nourris de nos âmes
Au point que l'Amour, ce cher disparu
A bouleversé nos vies, dans un grand ramdam
Dépassé par ce feu auquel on ne croyait plus.

Pour toi et moi, il y a décalage horaire
Nos vies se croiseront un temps trop court
Pour toi et moi, il y aurait en temps à faire
Si le temps ne nous avait pas joué un tour.

« O temps, suspend ton vol » laisse-nous
Vivre cette lumière qui réchauffe nos cœurs.
Laisse-nous nous nourrir de nous
Nous avons besoin de notre âme sœur.

Pour toi et moi, il y a décalage horaire
Nos vies se croiseront un temps trop court
Pour toi et moi, il y a encore à faire
Et au diable le temps et son sale tour.

Le Guerrier de passage

Moi ; SMS : *Je me ferais tigresse sauvage,*
– j'irai boire le soir à la source
– je me tapisserai dans l'ombre
– en attendant ton passage pour te dévorer.

– Le Guerrier ; SMS : *Méfie-toi le, Guerrier pourrait bien te transformer en carpette, moi pas peur d'une fillette.*

Le vendredi soir en repartant pour Nantes, le Guerrier me laissait toujours un message sur mon portable.

– Le Guerrier ; message : *Bonsoir mon cœur, je n'aurai pas eu le plaisir d'avoir ta voix, sauf celle de ton répondeur qui est toujours marrante, une note d'humour.*

– *Je vais te faire plein de bisous pour le week-end. Je vais imaginer que je vais être près de toi, on va se faire plein de petits câlins ou des gros câlins, tu me manques. Je te dis à demain. Bisous mon cœur, je t'aime.*

–

– Moi : *Et si tu n'existais pas*

– *Dis-moi pourquoi j'existerais ?*

– *Je t'inventerai pour te regarder, te toucher, t'embrasser*

– *Pour manger ta bouche*

– *Pour t'aimer*

– *Si tu n'existais pas*

– *J'inventerais l'amour*

– *Pour que tu voies le jour*

– *Je te dirais des mots d'amour*

– *Pour que tu m'aimes toujours !*

– Le Guerrier ; SMS : *Je te désire depuis que j'ai quitté tes bras mon amour. Ce soir, je voudrais que tu sois à moi comme jamais, mon désir est tellement fort qu'il me fait peur.*

– Moi : *Courir avec toi autour du monde*

– *Tu me tiendras la main*

– *Marie ne peut toujours pas partir*

– *Tu n'as pas pris sa main*

– *Dans la tienne, je sais que tu*

– *Pourrais mourir pour elle*
– *Au-delà de notre attirance*
– *Au-delà de nos ébats*
– *Au-delà de notre désir fou*
– *De notre amour de passion*
– *Il y a la vie*
– *Celle qui nous séparera*
– *Elle fera de nous des désespérés*
– *Elle fera en nous une blessure*
– *Qui ne pourra jamais guérir !*

Le matin, lorsqu'il arrivait de Nantes, nous échangions des SMS pendant une heure environ et c'était très souvent à qui provoquerait l'autre.

Un matin, il finit par m'envoyer le message suivant :

– Le Guerrier : *Z'ai pas peur d'une soi-disant dévergondée qui me parle comme une coincée du cul. Prépare tes armes, je te retrouve ce soir, hi hi hi...*

– J'ai ri pendant dix minutes.

Le Guerrier ; message : *C'est demain c'est bientôt, c'est demain ou après-demain, dimanche ce sera la Fête des mères. Je ne peux pas m'empêcher de penser à l'enfant que nous n'avons pas eu. À celui qui aurait rempli nos vies, celui pour lequel nous aurions tremblé, ri, soupiré, celui qui nous aurait donné du bonheur. C'est dimanche je serai un peu triste, un peu triste de penser à ce que nous n'avons pas vécu. Mais je le sais, ça arrivera, pas maintenant, pas ici, bientôt dans une autre vie, sur une autre planète, on fera des enfants, des enfants et des enfants. Aujourd'hui, j'ai posé mes armes et j'ai prié pour nous. Je t'aime pour toujours, à demain, mon amour.*

Nous nous sommes promis de nous retrouver dans une autre vie et de nous aimer en plein jour puisque dans cette vie-là, cela nous était impossible.

– Moi : *Je ne dors plus, tu n'est pas là*
– *Je voudrais que tu reviennes*
– *Je meurs de trop t'aimer*
– *Je veux visiter ton paradis*
– *J'ai attrapé un coup de soleil*
– *Un coup de je t'aime*
– *Je jetterai mes princes charmants*
– *Aux orties pour que tu reviennes*
– *Les fleurs pleurent sans toi*
– *Guerrier, pose ton glaive et ton bouclier*
– *Sur mon paillasson, regarde mon cœur*
– *Dans le donjon de mes illusions*
– *Je voudrais que tu reviennes*
– *Je n'avais pas vu que tu portais des chaînes*
– *S'il te plaît, noble seigneur,*
– *Emmène-moi dans ton paradis*
– *Tu es l'île au trésor, je suis*
– *La vague qui meurt sur la plage*
– *Et qui n'atteindra jamais le rivage.*

Le Guerrier était débordé de travail et ne pouvait pas toujours répondre à mes SMS en temps voulu. Je le provoquais comme à l'accoutumée et il me répondait toujours avec une pirouette et retombait sur ses pieds.

– Le Guerrier ; SMS : *Je suis désolé, Madame, mais j'ai le disque dur qui a planté. Il y a dû y avoir un bug. J'ai dû attraper un virus sur Internet. Je ne sais pas, j'ai perdu la mémoire des chiffres, mon code bi-*

naire est complètement déréglé. Je ne sais plus où sont le sinus et le cosinus. Heureusement, j'ai encore la racine, enfin je pense que je vais pouvoir faire un formatage et remettre ça dans l'ordre. On essaiera de se rattraper comme on peut.

Il trouvait toujours le moyen de se faire pardonner.

– Moi : *Avant que meure le temps d'aimer*
– *J'ai plein de mots d'amour*
– *À te dire, à te donner*
– *Ça ressemble à une prière*
– *Au silence après l'orage*
– *Mais aussi dans l'espérance*
– *Au torrent de printemps*
– *Bouillonnant et débordant*
– *De son lit inondant tout*
– *Fallait pas commencer*
– *Fallait pas me toucher*
– *Trop tard, ne pas se retourner.*

Un jour, j'ai été plus méchante que d'habitude avec lui. J'ai voulu lui faire comprendre ce que j'éprouvais quand il n'était pas là et que je n'avais pas de ses nouvelles.

Je décidai de ne pas répondre à ses SMS ni à ses coups de téléphone pendant plusieurs jours.

Un matin.

– Le Guerrier ; SMS : *Moi aime-toi, moi envie de toi*

– Moi :.............

– Le Guerrier ; SMS : *Je vous conterai fleurette avant demain soir, Madame.*

– Moi :.............

– Le Guerrier ; SMS : *Résistez donc, Madame, pour que j'aille à l'assaut de votre citadelle !*

– Moi :..............

– Le Guerrier ; SMS : *À plus tard, Madame, j'affûte mes armes.*

Le lendemain.

– Le Guerrier. SMS : *Où es-tu ? Que fais-tu ? Je n'arrive pas à te joindre.*

– Moi :..............

– Le Guerrier ; SMS : *Il y a un espoir de vous avoir au téléphone ce soir ?*

– Moi :..............

– Le Guerrier ; SMS : *J'ai le sentiment que tu es en train de me repousser, bonne soirée, j'essayerai demain, bisous amers, snif !*

Le lundi matin

– Le Guerrier ; SMS : *Bonjour Madame, j'ai dû vous envoyer une dizaine de SMS !*

– Moi :..............

– Le Guerrier ; SMS : *Peut-on vous appeler ?*

– Moi :..............

J'ai fini par lui envoyer un SMS vers midi.

– Moi : *Moi aime toi.*

Le Guerrier ; message : *Bonjour mon cœur, bonjour mon amour, bonjour ma saloperie. Tu m'as fait marcher tout le week-end. Tu ne m'as pas fait courir, tu m'as fait marcher. Tu m'as fait pester, tu m'as fait te haïr comme je t'aime. Mais je t'aime et ça a été plus fort que tout. Je n'ai jamais cessé de t'aimer même quand je te haïssais.*

C'est une sacrée belle leçon d'amour.

Je te souhaite une bonne nuit, une douce nuit en attendant que l'on se retrouve tous les deux pour faire nos petites fantaisies, pour se rouler dans les draps, pour se rouler sous la couette.

Je t'embrasse dans tous les coins et te caresse partout où tu aimes. Mes hommages du soir, Madame.

– Moi : *Seule sous le soleil*
– *Les yeux dans le bleu du ciel*
– *Comment t'aimer si*
– *Tu es loin de moi ?*
– *Je n'ai que mon âme*
– *Pour te parler de moi*
– *Au-delà de notre amour*
– *De passion et de feu*
– *Notre histoire nous survivra*
– *Partout et toujours.*

Le Guerrier voulut que je porte son alliance.

– Le Guerrier : *Je veux une alliance de diamants, des diamants aussi purs que ton âme, une alliance qui te ressemble mon amour, tu es les poissons dans la mer, les nuages dans le ciel.*

La ville de Niort est située au sud-ouest de l'actuel département des Deux-Sèvres, sur les bords de la Sèvre niortaise. La ville s'étire entre la plaine, qui correspond au pays Mellois et le Marais, plus connu sous le nom de Venise Verte.

A l'époque romaine, la ville était dotée d'un port fluvial, qui stimulait son commerce. Les invasions barbares du IIIe siècle obligèrent les habitants à ériger des fortifications au pied de la colline Notre-Dame.

Au IIIe siècle, de nombreuses peuplades barbares, pressées depuis l'Asie centrale par les conquêtes des Huns, déferlèrent sur l'Europe occidentale. Alamans, Suèves, Saxons, Angles, Francs ou Burgondes, submergèrent les Romains. Des Alamans, descendant vers l'Espagne et des pirates saxons dévastèrent une partie du Poitou et de l'Aquitaine.

Au VIIIe siècle, l'Aquitaine fut sous la menace de nouvelles incursions. Venues d'Afrique du nord, des armées arabes, ravagèrent la province détruisant la ville de Melle, située à trente kilomètres au sud-est de Niort.

La percée sarrasine fut stoppée par les Francs de Charles Martel à Poitiers en 732.

A la fin du règne de Charlemagne, les côtes atlantiques furent victimes des premiers raids de pirates nordiques originaires du Danemark et de Norvège. Les hommes s'intéressèrent tout particulièrement aux embouchures des fleuves, remontant leurs cours à bord de drakkars pour dévaster les riches plaines. L'Abbaye de Saint-Maixent et plusieurs petites ville comme Melle furent pillées et incendiées en 817. À Niort, de nouvelles fortifications furent érigées.

En 1112 naquit Aliénor, fille du duc Guillaume X et héritière de la Guyenne, vaste domaine qui couvre tout le Sud-Ouest, de la Loire aux Pyrénées. Sa puissance attira des convoitises et en 1137, après la mort de son père, elle épousa, pour raison d'état, le nouveau roi de France Louis VII. Elle apportait au souverain capétien une dote exceptionnelle incluant Niort. Durant les quinze années de leur union, la nouvelle reine s'illustra par sa beauté, son soutien aux artistes.

En 1152, Louis VII la répudia, officiellement pour son incapacité à lui donner des héritiers mâles.

Aliénor reprit son fief et épousa aussitôt Henri II Plantagenêt, roi d'Angleterre et rival des Capétiens. Cette union, consacrée en 1154, donna aux Anglais une position idéale en France puisqu'ils contrôlaient l'Aquitaine, l'Anjou, la Normandie et bientôt la Bretagne.

Aliénor donna à Henri II huit enfants dont les futurs Richard Cœur de Lion et Jean sans Terre.

Aliénor s'éloigna peu à peu de son second mari pour finalement lui vouer bientôt une haine farouche, montant sans cesse ses fils contre leur père.

Henri II finit par faire enfermer Aliénor qui ne retrouva sa liberté après la mort du roi en 1199.

Elle administra dès lors le royaume Plantagenêt aux côtés de son fils Richard, monté sur le trône.

Sous le règne d'Aliénor, Niort prit une importance commerciale notable, facilitant son essor urbain. Henri II entreprit la construction d'un nouveau château à partir de 1155. Le précédent, fort vraisemblablement en bois, avait partiellement disparu dans un incendie au début du XIIE SIÈCLE. Le nouveau château, entièrement en pierre, était garni de douze tours rondes et d'un spectaculaire donjon composé de deux tours carrées, seul rescapé contemporain de cette forteresse.

À Niort, la première charte de franchise fut octroyée, vraisemblablement, le 31 août 1199 par Jean sans Terre. Cette charte, renforcée en 1203 par la reine Aliénor, autorisait les habitants à former une commune.

Place stratégique, la ville fut l'enjeu des luttes qui opposèrent Capétiens et Plantagenêt. Les Français lancèrent une première offensive sur Niort en 1204. Aimery de Thouars, sénéchal du Poitou, prit la ville.

Les membres de la commune furent anoblis par Louis XI en 1461. Le roi institua également dans la ville un siège royal permettant aux Niortais de s'émanciper de la cour du sénéchal de Poitiers.

Niort devint une place commerciale d'importance au XIIe siècle. Idéalement placée sur la route des échanges entre les importations maritimes et les exportations agricoles, Niort était alors un des principaux entrepôts de négoce poitevin.

La découverte du Canada en 1534 et l'installation de migrants originaires du Poitou au début du XVIIe siècle offrirent à Niort de nouveaux débouchés économiques. Pendant le règne de Louis XV, Niort comportait près de deux cents négociants.

La tannerie, activité déjà ancienne à Niort, fut la principale bénéficiaire des échanges avec le nouveau monde.

Françoise d'Aubigné, née à Niort en 1635, est plus connue sous le titre de Madame de Maintenon, favorite de Louis XIV.

En 1808, Napoléon effectua son premier voyage à Niort pour affirmer son pouvoir impérial.

De retour de son exil à l'île d'Elbe, l'empereur, rétabli sur le trône, passa de nouveau en juillet 1815 à Niort où il reçut un accueil fervent.

Dès 1892, Niort fut le siége de la première union laitière et du Crédit Agricole en 1903. Après la première guerre mondiale, les coopératives de consommations connurent un essor sans précédent.

Deux instituteurs de Saivres, Jean Lauroua et Edmond Proust, fondent le 17 mai 1934 la Mutuelle Assurance Automobile des Instituteurs de France.

Et c'est ainsi que Niort devint la capitale des mutuelles et coopératives : Maif, Macif, Camif, Maaf, Smacl et Ima, entre autres, y ont leur siège.

Niort, porte du Marais Poitevin, invite à la balade sur la Coulée verte, le long des berges de la Sèvre Niortaise.

C'est aussi le berceau de l'angélique dont on tire une gourmandise savoureuse.

Originaire du Nord de l'Europe, la plante est dès le XIIe siècle, cultivée comme légume, dans les pays scandinaves.

Au XIVe siècle, les jardins des monastères en sont pourvus : on compte en effet sur ses vertus préventives face à la peste.

Aujourd'hui, on la confit avec du sucre ou on en fait une liqueur et on l'utilise pure, glacée, à la glace pilée, en cocktails, sorbets et desserts...

Quand j'ai rencontré Marc, mon frère adoptif, dans le milieu associatif, il faisait peine à voir. Il donnait l'impression de porter la misère du monde sur ses épaules.

Un jour où son âme lui pesait plus qu'à l'accoutumée, il me fit des confidences.

La vie ne lui avait pas fait de cadeaux ces dernières années.

Il avait subi deux interventions chirurgicales importantes avec rééducation très douloureuse. Mais, surtout, il avait perdu un ami très cher et son frère.

Il ne se remettait pas du décès de ce dernier. Il n'arrivait pas à faire son deuil; cela le rongeait et lui empoisonnait la vie.

Je suis peu encline aux confidences sur moi-même, mais je lui parlais du Guerrier, du Merle, de ma maladie.

Il me dit que mes problèmes étaient plus importants que les siens. Je lui répondis qu'il n'étaient pas plus importants mais seulement différents.

Marc, grand sportif, pratiquait auparavant le triathlon mais ne faisait plus rien. Je l'encourageai à reprendre son sport. Cela ne pouvait que lui être bénéfique. Il m'écouta et je le vis petit à petit retrouver son sourire.

Le cœur sur la main, Marc ne sait pas dire « non » quand on lui demande un service. Il est toujours prêt à aider les autres. Je lui demandai de s'occuper de lui, de penser un peu à lui.

Une amitié sincère est ainsi née entre nous. Je lui remontais le moral quand il n'allait pas bien.

Nous avons deux caractères complètement différents : lui est plutôt du type inquiet, moi je prends les choses avec beaucoup plus de philosophie.

Un jour, Marc se mit à souffrir de très violents maux de tête. Son médecin lui fit faire des analyses. Il avait trois fois plus de globules blancs que la normale. Ses douleurs devinrent telles qu'il fallut le mettre sous morphine.

Il prit un rendez-vous pour un scanner mais il fallait attendre quinze jours.

Comme il pouvait s'agir d'une tumeur au cerveau, je portai Marc à bout de bras durant cette quinzaine pour qu'il ne sombre pas dans la dépression ; il avait le moral au plus bas.

J'étais aussi inquiète que lui mais faisais en sorte de ne pas le lui montrer.

La morphine ne le soulageait pas complètement : il souffrait beaucoup, et physiquement et moralement.

Le scanner révéla qu'il ne s'agissait pas d'une tumeur mais d'un problème sérieux à soigner énergiquement.

Nous fûmes tous soulagés. Le Guerrier me demanda comment allait « notre ami Marc ». Il prenait souvent de ses nouvelles de Marc et employait toujours la même expression en parlant de lui : « notre ami Marc ».

Les deux hommes se connaissaient, ils s'étaient rencontrés chez moi. Il n'existait aucune rivalité entre eux ; les choses avait été expliquées clairement.

La présence de Marc à mes côtés rassurait le Guerrier.

Lorsque j'étais clouée au lit et que j'avais besoin de médicaments ou de courses, le Guerrier n'avait pas toujours le temps d'assumer et c'est Marc qui prenait le relais.

Marc et moi avions pris l'habitude de prendre de nos nouvelles tous les jours par SMS.

Marc était comme un frère pour moi : il me demandait tous les jour comment j'allais et de quoi j'avais besoin.

Quand le Merle me jouait des tours et que je pleurais, Marc me disait : « *Ne pleure pas petite sœur, je nage dans ton cœur. Si le Merle te touche c'est comme s'il me touchait, moi* ».

Mon frère Marc avait l'esprit de famille. Ils se réunissaient tous les samedis soir, tantôt chez l'un tantôt chez l'autre. Cela faisait mon admiration car les choses étaient loin de se passer de la sorte dans ma propre famille. Je ne devais pas être quelqu'un de bien... Cela scandalisait Marc qui ne comprenait pas l'attitude de mes proches à mon égard.

Marc travaillait comme électromécanicien dans la même mutuelle d'assurances que le Merle.

Après son baccalauréat, Marc avait suivi les cours de l'école aéronavale. Comme mécanicien rampant, il réparait les avions au sol.

Il a perfectionné ses compétences au cours de nombreux stages en Allemagne, en Suisse, à Paris, à Toulouse...

Rien ne lui résiste : à partir du moment où il est capable de démonter, il sait remonter !

Il était passionné de voitures et pas n'importe lesquelles.

Il a fait des rallyes, a possédé une Alpine, une Cooper S, plusieurs BMW.

A l'époque où il avait son Alpine, il n'y en avait que deux sur Niort. Et aujourd'hui il roule dans ce que j'ai baptisé sa bétaillère.

Au mois de mars 2003, je constatai que l'on était entré chez moi sans effraction et que certaines choses avait été déplacées. Visiblement, on avait fouillé la maison.

Je vis seule et je sais où je range mes affaires.

Le 14 avril, à nouveau une autre visite.

J'avais des photos du Guerrier prises un jour où nous faisions les fous. Je mets toujours ma photo préférée sur le dessus de la pile et, là, je retrouvais les photos à l'envers, côté blanc tourné vers le haut. Je constatais qu'à nouveau des objets étaient déplacés.

Il y avait que deux personnes qui avaient mes clefs : mon fils Sullivan et mon amie Dominique.

Je suis allée voir le serrurier derrière chez moi. Il m'a affirmé que la ou les personnes qui étaient entrées à mon domicile avaient forcément les clefs, sinon, il y aurait eu effraction.

Dans la même période, j'ai reçu un appel téléphonique du Merle sur mon appareil fixe qui est en liste rouge. Or, je n'avais donné ce numéro qu'à cinq personnes uniquement. Le Merle ne détenait que celui de mon portable.

Tout ceci commençait à m'agacer. Je fis changer mon numéro pour mon téléphone et décidai de ne le donner à personne. Cette ligne fixe me servait uniquement pour accéder à Internet.

Quinze jours tard, le Merle m'appela de nouveau sur ma ligne fixe. Cette fois-ci comme la précédente, il n'avait rien de particulier à me dire. Je me suis un peu fâchée et lui ai demandé comment il avait pu se procurer mon numéro. Il me fit comprendre qu'il avait le bras long. Il faisait le fanfaron, se vantait.

Mais comment le Merle avait-il pu obtenir un numéro de téléphone en liste rouge ?

Je racontai mes mésaventures à Marc et lui demandai de changer ma serrure de porte d'entrée, décidant de ne donner les clefs à personne.

Marc finit par me dire : « *Je ne voulais pas t'en parler pour ne pas t'inquiéter, mais tu es surveillée depuis plus d'un mois. J'ai remarqué une voiture blanche qui est souvent stationnée en face de chez toi, avec, à l'intérieur, un individu portant des lunettes noires. Tu es probablement suivie dans toutes tes allées et venues* ».

Marc me raconta que sa voiture avait été fouillée sur le parking de son lieu de travail. Une seule chose avait disparu : les lettres que je lui avais écrites ! Ces fouineurs ont dû être bien déçus car il n'y avait vraiment rien de compromettant dans ce courrier.

Le parking est surveillé par caméra mais celle-ci n'a pas toujours le même angle. Marc est allé au service sécurité, or il n'y avait rien sur l'enregistrement. Les fouineurs étaient au courant visiblement et ne se sont pas fait prendre par la vidéo.

Les choses prirent alors un tournant plus inquiétant. Marc et moi recevions de nombreux de coups de fil anonymes, mais, surtout, je me suis fait aborder et prendre en chasse par trois individus louches qui se relayaient pour m'accoster avec grossièreté, lorsque je sortais du Conseil général où je prenais mes cours d'informatique.

J'ai dû un jour me réfugier au bureau du Guerrier et une autre fois, c'est Marc qui est venu m'attendre à la sortie de mes cours.

Nous pensions qu'ils avaient compris que j'étais protégée et que cela les découragerait.

Un jour où, par chance, Marc était chez moi, on sonna à la porte. Marc alla ouvrir. C'était l'un des trois individus en question. Dès qu'il vit Marc, il s'enfuit à toutes jambes, sauta dans sa voiture et ne prit même pas le temps de faire le tour du rond-point, le coupant carrément par la gauche.

Un matin, Marc trouva des canettes de bière cassées qui avaient été jetées dans la nuit sur son portail.

Marc trouva que cela devenait dangereux pour moi et que je n'étais plus en sécurité.

Il avait un excellent ami, très haut placé dans la police, auquel il décida de parler de mes problèmes.

Nous avions relevé les numéros des plaques d'immatriculation des voyous. Le policier découvrit qu'ils étaient fichés à la police et décida d'intervenir discrètement à deux reprises, le soir.

Le premier soir, le policier nous apprit qu'il s'agissait d'un contrat, c'est-à-dire que ces individus avaient touché de l'argent pour me créer des ennuis et – qui sait ? – peut être plus.

Le deuxième soir, le policier ne se salit pas les mains mais il y eut un règlement de compte plutôt musclé.

Le lendemain matin, Marc arriva chez moi et me fit écouter le message suivant : « *Arrêtez votre démarche contre nous et nous arrêtons la nôtre. Nous avons appris que vous êtes membre d'association ; c'est tout à votre honneur, c'est plus propre que de faire des photos honteuses.*

Monsieur fait ce qui lui est demandé, vous, arrêtez votre massacre, nous arrêtons tout ».

Intéressant le message ! Ils parlaient des photos. Ils ne les avaient vraisemblablement pas vues, sinon ils les auraient pas qualifiées de « honteuses » !

Ceux qui avaient laissé ce message étaient certainement en rapport avec ceux qui étaient entrés chez moi. De leur côté, ces derniers étaient sans doute les meneurs. Visiblement, ils avaient de l'expérience et pas grand chose ne les arrêtait.

Comment s'étaient-il procuré mes clefs ? Je pensais aux deux personnes qui les possédaient, imaginant qu'on avait pu les leur dérober et en faire des doubles.

Le Merle savait que j'allais souvent chez Dominique et que nous étions très proches.

Je me suis rappelée qu'un jour où j'étais chez mon amie – justement à l'époque où j'étais suivie – sa fille qui jouait dans la cour a dit avoir vu un monsieur regarder par-dessus le portail. Dominique habite dans une impasse, il faut y aller exprès.

Elle cache le double de ses clefs sous une pierre, à un mètre environ de sa porte d'entrée. Un jeu d'enfant pour les petits fouineurs : entrer chez mon amie, trouver les clefs de mon domicile accrochées à un clou à droite de la porte d'entrée.

Ceux qui sont entrés chez moi, ont passé un contrat avec des voyous, m'ont surveillée pendant plus d'un mois, ont aussi pris Dominique en filature, pour pouvoir rentrer chez elle, prendre mes clefs et en faire des doubles. Lorsqu'elle s'absentait pour se rendre à son travail, le champ était libre.

Tout cela prouve bien que je n'avais pas affaire à des enfants de chœur !

Qui peut bien m'en vouloir au point de m'occasionner tous ces ennuis, à part le Merle et ses acolytes ?

Nous eûmes une période de répit, puis, au mois d'août, les hostilités ont repris.

Un jour, je reçus à mon domicile et à mon nom la lettre suivante (présentation et orthographe sont conformes à l'original !) :

MONSIEUR

ATTENTION

CA PASSE OU CA CASSE

A BIENTOT. TOUT

DEPEND DE VOUS

MESSIEURS

SI VOUS NE TENNEZ PAS A CE QUE VOS FEMMES ENFANTS FAMILLE AMIS SOIT AU COURANT DE VOS RELATIONS AVEC Mme G M A CESSEZ VOS ALLEES ET VENUES JOURNALIERS ET NOCTURENE (1 HEURE DU MATIN)

NOUS AVONS PERDUS LA PREMIERE MANCHE A VOUS DE CHOISIR LA SECONDE

NOUS SERONT SANS PITIE

CA PASSE OU CA CASSE

PHOTOS COMPOMETENTES POUR L'UN DE VOUS DEUX.

En bas de la lettre, figuraient les noms et adresses du Guerrier et de Marc.

Le ou les rédacteurs de cette lettre avaient dû prendre des photos des personnes entrant et sortant de chez moi. Marc travaille dans la même entreprise que le Merle. Il a donc dû être facilement identifié. Pour le Guerrier c'est plus compliqué. Il roule avec une voiture de fonction immatriculée 92. Il a dû faire l'objet d'une filature particulière jusque chez lui, à Nantes.

Tout ceci prouve que nous avions affaire à des gens bien organisés qui avaient bien du temps à perdre ou qui ressentaient beaucoup de jalousie et de haine.

La lettre parlait des photos et des allées et venues vers une heure du matin : c'est le Guerrier qui partait à cette heure là.

Ce courrier indiquait qu'ils étaient bien entrés chez moi et que nous avions fait l'objet d'une filature. Ils disaient avoir perdu la première manche, il s'agissait du contrat.

La seconde lettre fut reçue par Marc.

Les appels téléphoniques reprirent de plus belle mais nous n'avions plus les mêmes personnes au bout du fil.

Le Guerrier reçut à son travail la troisième lettre, écrite en rouge.

MONSIEUR

SOYER RAISONABLE VOUS N AVEZ PAS FAIT CE QUI VOUS ETAI DEMENDE.

ARRETEZ CETTE RELATION NOUS ARRETERONS NOS INVESTIGATIONS PROMIS

NOUS NE TENONS PAS A ALLER PLUS LOIN SAUF SI VOUS NE FAITE PAS CE QUI VOUS EST DEMANDE

QUITTER NIORT SINON NOUS FERONS LA DEMANDE POUR VOUS

PENSEZ A VOTRE « FEMME » ET VOS ENFANTS ET NOUS SERONS REGLOS

LA SUITE DEPEND DE VOUS MAIS SE SERAI DOMAGE DE FAIRE PARVENIR A VOS PROCHES CE QUE VOUS SAVEZ AVEC LA MENTION

(VOILA COMMENT MONSIEUR AUCUPE SES SOIREES)

NOUS VOUS LAISSONS QUELQUES JOURS POUR FAIRE VOS ADIEUX.

SIMON PROCHAINE LETTRE (A MADAME A NANTES)

Ce que nous avons trouvé d'intéressant dans cette lettre, c'est que le mot « femme » figurait entre guillemets donc ils savaient que le Guerrier n'était pas marié avec la mère de ses enfants.

Je trouvais que les événements qui me concernaient étaient trop graves : cette surveillance, cette violation de domicile, ce contrat passé avec des repris de justice qui faisaient peur rien qu'à les voir... je devais en informer ma famille.

J'en parlais à mon fils Sullivan. Je commençais par lui montrer une lettre anonyme et lui dis qu'un individu devant chez moi m'avait surveillée.

Je n'ai pas eu la possibilité d'en dire davantage car Sullivan me rétorqua : « *Il faut arrêter la psychose* ».

Je n'en dis pas plus, cela n'aurait servi à rien. Je constatais que je n'avais aucun secours à attendre de ma famille et surtout pas de mon frère Jean-Paul.

Je me suis résignée à admettre qu'en cas de difficulté grave, je ne devais compter que sur moi même.

Quatrième lettre reçue par le Guerrier.

DERNIER AVERTSEMENT AVANT CE QUE VOUS SAVEZ
FAITE CE QUI VOUS EST DEMANDE. PAS D IMPRUDANCE NE JOUEZ PAS A CACHE CACHE
NOUS CONNAISSONF TOUTES VOS ALLES ET VENUES SUR NIORT DE JOUR COMME DE NUIT
PARTEZ ET NOUS RESTITURONS CE QUE VOUS SAVEZ SINONS VOUS CONNAISSEZ LA SUITE
QUAND A L'AUTRE VOTRE REMPLACANT
QUAND VOUS NETIEZ PAS LA NOUS TROUVERONT LA SOLUTION POUR LE DECOURRAGER.

A BON ENTENDEUR SALUT OU ADIEU

TOUT DEPANDRA DE VOUS.

Là, les choses allaient plus loin, on parlait d'adieu !
Je constatais en même temps que mon téléphone était sur écoute.

À qui le crime profite ?
Qui avait intérêt à ce que je n'aie pas d'amis « is » et qui cela dérangeait-il au point d'en être jaloux et de mettre en place toutes ces filatures ? Filatures, qui, d'après Marc, ont tout de même duré plus d'un mois !
Qui pouvait avoir intérêt à me voler, chez moi, mes talons de chéquiers ? Cela n'intéresse aucune personne… si, peut-être une !
Les lettres étaient écrites en caractères d'imprimerie mais la présentation est celle du Merle.
Elles ont toutes été postées près de son domicile.

C'est clair : le Merle fait faire le travail et pas par n'importe qui ! C'est un pro qui s'est chargé de la filature. Le meilleur ami du frère du Merle est dans la police, un certain Patrick, un flic ripou qui s'est peut-être fait duper. Pourtant sans lui, certaines choses n'auraient pas pu se faire : mon numéro de téléphone sur liste rouge que le Merle a pu obtenir à deux reprises, la récupération de mes clefs et les visites chez moi, les filatures exécutées de main de maître, le contrat passé avec des repris de justice, mon téléphone sur écoute.

Tout ça porte une signature mais je crois que le plus grave c'est le contrat avec les voyous.

On ne passe pas un contrat avec des repris de justice juste pour faire peur à une femme.

Je pense que le contrat devait peut-être aller un peu plus loin que le simple fait de chercher à de me faire peur. Je l'ai sans doute échappé belle. Si l'ami de Marc n'était pas intervenu, que me serait-il arrivé ?

Le Guerrier me donna rendez-vous au restaurant et nous décidâmes de ne pas nous voir pendant quinze jours, le temps de nous organiser afin de nous rencontrer de nouveau sans être pris.

Nous devions faire croire à tout le monde, sans exception, que nous avions rompu.

Comme nous savions que mon téléphone était sur écoute, pas question de s'en servir. Puisque c'était ainsi, nous allions avoir recours aux bonnes vieilles méthodes, le courrier... nous nous écririons.

– Lettre du Guerrier : *Mon amour,*

J'avais à peine tourné les talons hier midi que mon cœur se serrait à l'idée de ne pas pouvoir te voir quand nous le désirons, ne plus te sentir contre moi, nos textos, nos coups de fil.

Nous ferons face ensemble à ce qui restera comme un épisode dans notre vie à-nous deux, c'est dur pour moi, dur pour toi mais nous en sortirons vainqueurs.

Quoi qu'il arrive je t'aime et je t'aimerai même si la vie nous sépare, ce que nous vivons est indestructible car intemporel, notre force vient de l'amour qui nous unit.

Celui qui a dit « loin des yeux loin du cœur » n'aimait pas vraiment. Tu m'accompagnes, tu es avec moi, tu me manques.

J'ai un peu l'impression de vivre un mauvais polar. Cette histoire de cinglé prend des proportions dignes d'un film d'espionnage.

J'ai du mal à croire que ça nous est arrivé. Quelle aventure ! C'en est presque grisant.

Ce qu'ils t'ont fait et te font m'est insupportable. Je m'inquiète pour toi... Un petit papillon dans la tempête.

Tu me manques, mon cœur. Nous saurons y mettre fin très vite. Je t'aime.

Le Guerrier de passage.

Mais le courrier met du temps et nous avions besoin de nous parler, de nous rassurer.

Je décidai d'acheter un autre portable qui resterait caché de tous. Le Guerrier m'appelait soit d'une cabine soit d'un autre téléphone. Nous n'étions plus séparés.

J'écrivis une lettre au Merle : « *Tu as gagné une bataille mais tu n'as pas gagné la guerre* ».

Je lui portais le courrier à la sortie de son travail à quinze heures trente. Le soir, il m'appela à vingt et une heures trente. Il avait eu le temps de réfléchir !

Il me raconta pendant trois quarts d'heure qu'il n'y était pour rien. Mais, embarqué dans ses grandes phrases, lâcha deux ou trois mots de trop.

Je ne lui avais pour ainsi dire rien expliqué dans le détail et il semblait être bien au courant de certaines choses. D'habitude il me téléphone cinq minutes pour m'agresser et voilà qu'il restait quarante-cinq minutes à se justifier. Je le laissai parler et s'embrouiller dans ses théories et je n'en perdis pas un mot. Mon opinion était faite, ces quarante-cinq minutes de baratin le trahissaient.

Le Merle et ses petits copains avaient voulu nous séparer et cela produisait l'effet inverse. Nous nous sommes rapprochés encore plus étroitement les uns des autres.

Le Guerrier et moi nous nous entourâmes d'un certain nombre de mesures et de précautions et nous reprimes nos petites soirées, trois semaines plus tard, au nez et à la barbe du Merle et de ses petits fouineurs.

Je donnai un double de mes clefs au Guerrier pour qu'il soit plus libre d'aller et venir.

Mon frère Jean-Paul qui, pendant notre enfance, n'était pas enclin à la générosité affective à mon égard, ne s'est pas amélioré en vieillissant. Il ne prenait jamais de mes nouvelles. Nous n'avons eu, en tout et pour tout, que quatre contacts au cours de la dernière année.

La première fois, ce fut sa femme qui me téléphona au moment de Noël, puis lui m'appela vers le 3 avril. Ensuite, plus rien jusqu'au 30 septembre.

C'était un dimanche. Je n'étais pas à la maison car j'intervenais comme bénévole auprès de l'association des Paralysés de France. Je n'avais pas mon portable sur moi et je m'aperçus le soir que j'avais reçu un message : « *C'est Jean-Paul, je suis devant ta porte à Niort. Bisous.* »

Il ne m'avait pas avertie de son passage. Je savais qu'il voyageait en camping-car, donc qu'il pouvait attendre le lendemain pour me rendre visite. Sullivan me fit d'ailleurs remarquer à juste titre que si Jean-Paul ne pouvait accorder à sa sœur qu'un passage en coup de vent, ce n'était pas la peine qu'il s'arrête !

Et le dernier contact prit la forme d'un texto en date du 3 janvier.

De mon côté, mes finances ne me le permettant pas, je n'ai pas appelé mon frère. En revanche, j'ai envoyé plusieurs e-mails à sa fille qui faisait le facteur pour toute la famille.

Mon frère fit preuve, cette année-là, d'une très grande indélicatesse. Il prit l'initiative, à mon insu, d'appeler ma neurologue pour lui demander si je n'étais pas victime d'hallucinations et si je ne délirais pas. La spécialiste fut perplexe devant cette demande émanant d'une personne qui, visiblement, n'appelait pas simplement pour avoir des nouvelles.

Lorsque ma neurologue m'en parla, j'eus l'impression que les propos de mon frère semblaient tout droit sortis de la bouche du Merle.

Je savais qu'il s'étaient téléphoné à plusieurs reprises, que le Merle évoquait devant tout le monde mes « hallucinations » et « délires ». Mon frère n'aurait jamais eu idée de me défendre, ne serait-ce qu'en raison des liens du sang qui nous unissaient. D'ailleurs il ne voyait pas pourquoi il ne parlerait plus à son ex-beau-frère lequel « ne lui avait rien fait ».

Au mois d'août, Sullivan passa trois jours avec sa famille chez son oncle. Il fut très choqué du fait que Jean-Paul ne s'enquière pas de ma santé. Il lui fallu attendre le dernier jour pour que la question soit évoquée... en quelques minutes avant le départ de Sullivan. On n'attend pas trois jours pour demander des nouvelles d'un proche, à moins que le sujet ne vous intéresse pas !

En fait, Jean-Paul n'a jamais cru à ma maladie, je l'ai découvert dans un de ses écrits. Mais de quelle instance dépend-il donc, lui qui n'a qu'un CAP, pour mettre ainsi en doute le diagnostic d'un spécialiste ? Quand je pense qu'il a eu le toupet de remercier cette neurologue pour son « respect de la déontologie » lorsqu'elle a refusé de lui communiquer des informations sur mon état de santé !

Heureusement que les lois sont là pour protéger les malades et le secret de leur dossier médical !

Lorsque j'ai appris que mon frère ne croyait pas en l'existence de ma maladie, j'ai été très choquée. Moi qui souffre de cette saleté qui me détruit petit à petit, de jour en jour ! Je ne pense pas que quiconque puisse inventer ce genre de chose, uniquement pour le plaisir d'attirer l'attention sur soi.

Ma parole n'a donc aucune valeur à ses yeux ? Comment pourrais-je entretenir des relations fraternelles avec un individu qui n'accorde aucune crédibilité aux propos de sa sœur ?

Parkinson m'a fait pousser des dents et appris à mordre. J'ai trempé ma plume dans du vitriol et ai répondu à mon cher frère. Je lui ai dit clairement, sans prendre de gants, ce que je pensais de sa lettre de sept pages. Comme la vérité n'était pas bonne à dire, nos relations se sont arrêtées net.

Quand on a un membre gangrené, il faut l'amputer !

Marc avait un ordinateur et me proposa de me le donner, or j'en avais déjà un. « *Si tu vois à qui il pourrait servir, tu en fais ce que tu veux* ».

Ludovic avait donné le sien à la femme de Sullivan et n'en avait donc plus. Je me suis dit que je le lui donnerais bien pour Noël ; puis je me suis ravisée.

Lorsque Ludovic vivait encore avec son père et que j'avais quitté du domicile conjugal, il n'avait jamais répondu à mes SMS. Un jour, j'ai acheté tout ce qu'il aimait manger, suis allée déjeuner avec lui dans le but d'avoir une bonne et gentille explication avec lui. Je suis arrivée à la maison avant lui à midi ; le Merle ne rentrait pas déjeuner.

Dès que Ludovic passa la porte, il commença à m'agresser et à crier. Il ouvrit un tiroir de la cuisine tellement fort que celui-ci est tombé par terre avec tout son contenu.

Ludovic lança alors un violent coup de pied dans le tiroir, le projetant dans ma direction. J'ai reçu le tiroir dans les chevilles. J'avais des œdèmes des membres inférieurs, inutile de dire que je n'ai pas apprécié du tout le geste de Ludovic.

J'ai eu peur de cette colère subite et me suis enfuie.

J'ai appris par la suite que son père l'avait mis à la porte, bien que cela n'eût rien à voir avec ce geste.

Ludovic se retrouva SDF.

Un jour, il me téléphona pour me demander de lui prêter de l'argent en vue de louer un appartement.

Il nous avait demandé, à son père et à moi, trois cents euros chacun. C'était mon fils et il était de mon devoir de parent de ne pas le laisser à la rue. Je lui répondis qu'il aurait ces trois cents euros.

Son père m'envoya alors un SMS : « *Ludovic t'a demandé de l'argent à toi aussi ? Moi je n'en ai pas, et toi ? Laissons-le manger un peu de pain noir, ça lui fera du bien !* ».

Le Merle n'avait pas d'argent pour son fils qui était à la rue mais il venait de s'offrir un voyage de trois semaines au Népal. Il avait bien de l'argent pour payer son billet d'avion !

Je décidai de donner la totalité à Ludovic soit six cents euros et fis un virement bancaire sur son compte.

Je ne l'avais pas revu depuis l'histoire du tiroir. Il est venu chercher son argent à mon appartement. Je lui ai remis le reçu de la banque en lui expliquant que je lui donnais la totalité de la somme vu que son père ne versait rien. Je précisai que je ne voulais pas qu'il me les rende. J'estimais que l'on ne fait pas des enfants pour les mettre à la rue.

Il prit le papier d'un air soupçonneux : « *Tu as mon numéro de compte bancaire ?* ».

Je fus surprise et étonnée par son attitude. « *Tu ne penses tout de même pas que je pourrais te voler de l'argent ?* ».

Sa réponse me glaça : « *On ne sait jamais !* »

Je suis tombée de haut. Ainsi, la relève de son père était assurée !

Ludovic loua un appartement à cinq cents mètres de chez moi mais ne m'a jamais invitée à le visiter. Il avait une machine à laver que son frère lui avait donnée alors qu'il savait très bien que je n'en possédais pas. Il ne m'a pour autant jamais proposé d'aller laver du linge chez lui.

Sullivan me dit que je l'avais trop gâté, ce en quoi il n'avait sans doute pas tout à fait tort.

J'ai pensé que cela suffisait : j'avais fait assez de cadeaux même si je ne les regrette pas. L'ordinateur, je le donnerais à la fille de Lolita. Pour cela, il me fallait donc me rendre en Corrèze mais je ne pouvais pas conduire, mon état de santé ne me permettant pas d'effectuer un tel trajet au volant.

Marc me proposa de me conduire et de revenir me chercher une semaine plus tard. Ce qui fut dit fut fait.

À notre arrivée à Brive, la fille de Lolita me sauta au cou : « *Merci, merci, merci !* ». Sa joie faisait plaisir à voir.

Elle écrivit son premier texte sur l'ordinateur : « *Coucou ! Il est super cet ordinateur ! Merci, je suis hyper contente !* ».

Au moins ce cadeau a fait une heureuse qui n'a caché ni sa joie ni sa reconnaissance !

Quand le Merle a quitté notre maison et que j'ai pu y pénétrer, j'ai fait une inspection générale pour voir s'il ne m'avait rien laissé. La maison était vide : il avait tout emporté.

Dans le sol en terre battue du cellier, deux trous avaient été visiblement creusés puis rebouchés grossièrement.

À l'endroit des trous, il y avait habituellement des caisses. Je savais qu'il cachait des choses à la maison mais je n'ai pas eu auparavant l'idée de déplacer les caisses ni de creuser le sol.

Le Merle est bien plus malin qu'il veut le laisser croire. Que cachait il de si précieux ou de si compromettant pour prendre tant de précautions ? Quel est le vrai visage du Merle ?

J'ai en ma possession trois documents écrits de la main du Merle sur lesquels il précise avoir remis une somme de dix mille francs en espèces à un avocat. Le Merle pratique le dessous de table.

J'ai découvert aussi récemment que le Merle est en rapport avec une banque, le Crédit Commercial de France, dont j'ignorais même l'existence.

En 2000, le Merle nous a privés de vacances pour se payer un voyage en Tanzanie. À son retour, il m'a offert royalement un porte-clefs qu'il n'a pas dû payer plus de cinq francs !

Mon téléphone était toujours sur écoute et je ne peux pas dire que c'était très discret. Franchement, Messieurs de la police vous pourriez faire ça un peu plus silencieusement !

L'ami policier de Marc nous confirma que les écoutes sauvages se pratiquent en toute illégalité dans la police.

Le procès du Merle approchait et un jour où j'en ai vraiment eu assez de ces écoutes, j'ai dit à mon interlocuteur qui était de connivence avec moi : « *Mais ceux qui nous écoutent en ce moment sont probablement de braves pères de famille ; ce qu'ils ne savent pas c'est qu'ils travaillent pour un pédophile* ».

Et j'en profitais pour donner des tas de détails, précisant l'identité du Merle, de quoi il était accusé, la date et le lieu du procès.

Les écoutes téléphoniques se sont arrêtées le jour du verdict.

Le jour du jugement arriva donc. J'ai demandé à mes fils s'ils voulaient m'accompagner. Je voulais assister au procès, savoir ce que l'enquête avait révélé. Mes fils me répondirent qu'ils ne pouvaient pas venir puisqu'ils travaillaient ce jour-là. C'est donc Marc qui m'a accompagnée au Tribunal.

Nous sommes arrivés un peu en avance. Albert, majeur au moment du procès, était présent.

J'appris qu'il avait été lui aussi la victime du Merle. Je l'ignorais et lui demandais pourquoi il ne m'avait jamais rien dit.

« *Le Merle m'avait dit de ne pas t'en parler* ».

Et quand je pense que le Merle m'avait juré sur la tête de son fils Ludovic qu'il n'avait jamais touché à Albert !

Je respectais la justice et m'en faisais une idée très droite. Je suis allée de surprise en surprise.

Le Merle se paya la tête des juges tout au long du procès, en commençant par donner une fausse adresse.

Je suis naïve et je ne savais pas qu'on pouvait mentir à un juge aussi effrontément sans que l'homme de loi ne s'aperçoive de rien. À mes yeux, un juge c'était sacré et on ne pouvait pas lui mentir. Je suis tombée de haut ce jour-là !

Le Merle m'accusa de l'avoir dénoncé pour me venger de son infidélité conjugale.

Le juge demanda au Merle : « *Votre femme est atteinte de la maladie de Parkinson ?* ».

Que venait faire cette question dans ce procès ? Contenait-elle des sous-entendus ?

On fit venir Albert et il raconta au juge ce que le Merle lui avait fait.

Le Merle prit la parole sans qu'on la lui donne en regardant Albert avec haine. Haussant le ton, il lui dit : « *Répète ce que tu viens de dire en me regardant dans les yeux* ».

Le juge a laissé faire cette prise de pouvoir. Albert s'exécuta en regardant le Merle dans les yeux.

Il existait un rapport psychiatrique sur Romuald. Lorsque ce dernier affirmait : « *Le Merle entrait dans ma chambre le lundi, le mardi, le mercredi, le jeudi, le vendredi* »,

le psychiatre expliquait que Romuald ne pouvait pas avoir inventé ce qu'il disait.

Des détails sans équivoque figuraient dans ce rapport d'une douzaine de pages que j'avais lu.

Le juge ne lut pas un seul mot de ce rapport.

En sortant de sa garde à vue, le Merle avait déclaré par téléphone, à la femme de Sullivan, avoir exercé des attouchements sur Romuald. La jeune femme avait confirmé ces faits par un témoignage écrit. Je n'ai pas entendu parler une seule fois de ce témoignage pendant le procès.

Le Merle raconta que, lorsqu'il faisait la toilette de Romuald, cela lui provoquait une érection mais qu'il n'avait jamais touché à l'enfant de manière trouble.

Si ça ce n'est pas un aveu, moi je veux bien me faire bonne sœur !

Le Merle nia toutes les accusations qui pesaient sur lui. Il se fit passer pour un grand sportif.

Le juge déclara que d'avoir « changé les enfants de famille d'accueil cela leur avait causé un traumatisme dont ils n'avaient pas besoin ».

Si je comprenais bien, il aurait fallu fermer les yeux et laisser les enfants aux caprices du Merle ? Ainsi, selon cette logique, être affecté à une autre famille d'accueil serait plus traumatisant que d'être la victime d'un pédophile ?

Mais j'ai peut-être mal interprété ce qu'a dit le juge...

A l'époque des faits, les enfants étaient sous la responsabilité de l'Aide sociale à l'enfance. Or, au procès, il n'y avait pas un seul représentant de l'ASE dans la salle. Et surtout, ce qui est un manque grave à ses devoirs de protection des enfants qui lui sont confiés, l'ASE n'a pas porté plainte contre le Merle.

L'avocat des enfants a plaidé cinq minutes, celui du Merle vingt-cinq minutes. C'était le pot de terre contre le pot de fer.

La base de la défense du Merle reposait principalement sur des rapports établis par Madame X., éducatrice spécialisée, qui normalement, si elle avait fait son devoir, aurait dû prendre la défense des enfants.

En l'occurrence, elle les faisait carrément passer pour des débiles auxquels on ne peut accorder aucune crédibilité. Quant à moi, elle affirmait que le sort des enfants ne me préoccupait pas. Un comble !

L'avocat du Merle ne savait que répéter : « *Madame X. éducatrice spécialisée a dit ceci, Madame X. éducatrice spécialisée a dit cela... c'est une éducatrice spécialisée* ».

À deux reprises et en parlant très fort, il rajouté à mon sujet : « *C'est Madame qu'on devrait poursuivre en justice* ».

J'étais consternée par ce que je voyais et ce que j'entendais. Je me suis dis, à un moment donné : « *Mais ils vont lui décerner une médaille !* ».

Et les enfants dans tout ça ? Pour qui les faisait-on passer ? Personne ne se souciait de savoir s'ils avaient été traumatisés par ce que le Merle leur avait fait subir.

Le verdict fut renvoyé au mois suivant, je sortis du tribunal avec l'envie de vomir.

Si le Merle n'était pas reconnu coupable, il serait en droit de porter plainte contre moi pour diffamation et il obtiendrait ma condamnation sans problème.

Il avait raison de me dire que c'était sa parole contre la mienne et que personne ne me croirait.

Le monde est une pièce de théâtre où les pires gens ont les meilleures places.

Rentrée chez moi, j'ai envoyé un SMS au Guerrier.

Le Guerrier : « *Bonjour Madame. Bon ! alors tu sais il ne faut pas s'inquiéter.*

Lui, il a voulu se poser en victime, il a réussi à convaincre je ne sais qui et la défense a dû savoir en donner une image particulièrement bonne.

Ça fait partie du jeu. Faut pas t'inquiéter plus que ça. Si déjà ils ont été jusque là, c'est qu'ils avaient des éléments en sa défaveur. Faut pas s'affoler de ce que tu as entendu, de ce qui fait mal, de ce qui te fait mal. Tu n'as pas entendu ce qui lui faisait mal à lui. Parce que je ne pense pas qu'ils ont fait tout ce « bordel » uniquement pour l'innocenter ensuite.

Repose-toi pour l'instant. Pense à autre chose.

Je pense à toi, je suis près de toi.

Je t'aime, bisous mon cœur ».

Le verdict devait être prononcé vers quatorze heures. Je n'y suis pas allée. Je n'avais pas envie de voir encore cela. C'est Marc qui se dévoua, une fois de plus, pour aller au Tribunal.

Le Merle fut reconnu coupable et a été condamné à six mois de prison avec sursis et au règlement d'une amende.

La condamnation été particulièrement clémente, le Merle sortit du Tribunal avec le sourire. Le lendemain, il avait coupé sa barbe.

J'envoyai le verdict au Guerrier par SMS.

Le Guerrier : « *Bonjour Madame. J'ai bien reçu ton petit message. C'est une victoire. Parce que le Monsieur maintenant va devoir faire très attention à lui, sinon il va avoir de très gros embêtements.*

C'est une victoire morale parce que c'est le plus important dans une victoire, donc le Monsieur en a pris pour son grade.

Je te souhaite une bonne soirée avec tes amis, que ça se passe bien. N'abuse pas trop du vin pour fêter la victoire.

En attendant de te revoir, je te fais plein de bisous là où tu veux, là où tu préfères, en haut, en bas, à droite, à gauche... tu te débrouilles.

Je t'aime à bientôt, bisous mon cœur ».

Je ne décolérai pas contre Madame X. éducatrice spécialisée, qui avait fourni au Merle la partie la plus importante de sa défense, alors que son devoir était de prendre la défense des enfants.

Je pris ma plume et je n'ai pas pu m'empêcher de lui dire ce que je pensais de son manque de professionnalisme, de son devoir envers les enfants qu'elle avait trahi.

Lettre à Madame X., éducatrice spécialisée :

Vous savez ce que le mot coupable veut dire ? Eh bien, il faudrait que vous vous le mettiez dans la tête.

Parce que le Merle est coupable d'actes de pédophilie sur Romuald et Albert, que ça vous plaise ou non. Le Tribunal l'a reconnu coupable.

Et ce ne sont pas tous vos efforts pour le faire innocenter qui sont parvenus à le blanchir.

Vous êtes éducatrice spécialisée et votre nom, votre qualité d'éducatrice spécialisée ont été prononcés plus de dix fois pour prendre parti contre les enfants, les faire passer pour des débiles et aussi contre moi. Comme si d'avoir un handicap ça donnait le droit de se faire violer !

Par contre, vous avez brillé par votre absence au Tribunal alors que votre devoir est d'assister et de soutenir les enfants.

Vous ne savez peut-être pas ce qu'est la violence conjugale surtout la verbale, je pense que non. Surtout venant de la part de ce cher Merle.

J'ai placé les enfants dans d'autres familles d'accueil avec l'accord du procureur et des gendarmes. Je savais que je ne pouvais pas compter sur vous.

Qu'êtes-vous venue faire chez moi, en janvier, alors que je n'avais plus les enfants ? Pour moi, les enfants n'étaient plus en danger. Je me suis autorisée devant vous à penser à moi. Vous m'avez manipulée. Tout cela pour aboutir au rapport qui a été lu au Tribunal, en long et en large.

Comment avez vous pu porter un tel jugement sur moi qui ai tout sacrifié pour les enfants, mon couple, ma maison, ma position sociale alors que, de surcroît, je suis atteinte d'une très grave maladie. Je me suis retrouvée à la rue sans rien ! Je crois, Madame, avoir eu le droit de penser à mon avenir qui était bien compromis. Vous n'en n'auriez pas fais autant.

L'ASE n'a pas porté plainte ce qui est anormal ! Pas étonnant avec un tel rapport.

Votre attitude nous a causé un très grand préjudice moral, aux enfants et à moi-même. Vous n'avez jamais soutenu les enfants ni leurs familles, ni même n'êtes venue au Tribunal pour les épauler.

Vous pouvez jouer les moralistes, mais choisissez bien votre camp : LES ENFANTS ou LES PEDOPHILES.

Salutations.

Elle ne m'a pas répondu.

Quand Albert est arrivé à la maison, c'était un petit bonhomme de quatre ans. Il ne parlait pratiquement pas mais s'exprimait avec ses jolis yeux bleus.

Il voulait tout le temps que je lui passe de la musique sur la chaîne stéréo et, en la montrant, disait « *musique, musique* ».

Son degré d'autisme était en fait peu élevé mais faisait de lui un enfant à gros problèmes. Il se déplaçait difficilement dans le temps et l'espace. Il se balançait et se mutilait sans pour autant montrer aucun signe de souffrance.

Ce petit bonhomme m'a appelée « Tata » pendant six mois et puis, un jour où j'étais occupée, debout près de la table, à préparer des fraises pour faire de la confiture, Albert a pris une chaise, l'a collée contre moi, est monté dessus et m'a prise par le cou. « *Toi, tu t'appelles Maman* ».

– « *Mais non, tu ne peux pas m'appeler Maman, je ne suis pas ta maman* ».

Albert ne voulait pas céder, s'obstinait et continuait, malgré mes protestations, à m'appeler ainsi.

Il finit par avoir raison de moi. Au bout d'un mois, je baissai les bras et cédai à sa requête tout en lui expliquant qu'il avait une mère et deux mamans puisqu'il en avait décidé ainsi.

Son besoin affectif était trop grand pour que je refuse d'accéder à sa demande mais je devais tout de même préserver l'image de sa mère.

Son état psychique était tel que nous avons dû lui faire redoubler sa moyenne section de maternelle.

Sa scolarité paraissait singulièrement compromise et il était question de le mettre plus ou moins sur une voie de garage. J'ai refusé avec obstination et j'ai fini par obtenir qu'il suive une classe préparatoire.

Cette année-là, il tomba sur une institutrice remarquable qui se dévoua à sa cause avec une grande générosité.

J'étais présidente de l'association de parents d'élèves à cette époque et j'avoue qu'Albert put bénéficier de quelques passe-droits qui lui permirent de s'adapter plus facilement aux réalités du monde.

Après beaucoup de travail de la part de chacun, Albert finit par obtenir un CAP.

Ce qui me laisse à penser qu'une cause n'est jamais perdue... il suffit souvent seulement d'y croire!

Ayant constater par moi-même que le Merle faisait ma signature et mon écriture, j'ai voulu en avoir le cœur net. Je me suis adresser à un expert graphologue, expert en écriture près de la cour d'appel de Poitiers.

A la vue des photocopies des mes chèques l'expert a tout de suit constaté que ma signature était très facile à imiter, un jeux d'enfant. L'expert a fait une sélection très rigoureuse. 20 % des chèques se sont révélés faux et si on considère que le Merle à 25 ans d'expérience derrière lui on peut considérer qu'environ 50 à 60 % des chèques comportant ma signature sont faux. Cela représente des sommes considérables en 25 ans. On comprend mieux que moi vivant je représente un danger pour le Merle.

Ce livre va toucher à sa fin mais je ne suis pas débarrassée du Merle pour autant.

Dieu seul sait ce qu'il va être encore capable d'inventer pour me nuire, lui et aussi ses complices.

Lui, sa famille, son père qui a fait l'Indochine et qui ne recule devant rien, son frère, un violent qui côtoie des repris de justice dans son travail, le flic ripou qui déshonore toute la police en s'acharnant sur une femme seule et malade et tous ses copains qui sont prêts à me passer la corde au cou pour se rendre intéressants.

Le Merle m'avait juré de me tuer. En sera-t-il lui-même capable ? Ou fera-t-il faire le travail ?

Qui vivra verra !

Ce livre est peut être mon assurance-vie.

Le Guerrier, étant cadre, devait trois mois de préavis à son entreprise. Nous étions insouciants, laissant les choses se décanter doucement sur Nantes.

Sa clause de non concurrence était tombée et deux entreprises de cette ville lui tournaient autour. La date de l'embauche tomba comme un couperet.

Il s'efforçait de ne pas sembler touché par cette date mais ce n'était que de l'illusion. Le Guerrier était aussi perturbé que moi par ce départ.

Nous allions devoir nous séparer, il se berçait en me faisant plein de promesses. J'avais l'impression qu'il essayait de s'étourdir pour ne pas penser.

Je réalisais que tout cela n'était pas réalisable.

Le Guerrier se débattait comme un bon diable dans un bénitier.

Je me rappelais le soir de notre premier câlin.

« *Je ne te promets rien, tu ne me promets rien* »

Beaucoup d'eau avait coulé sous les ponts depuis. Des promesses nous nous en étions faites, bien plus que n'importe qui et même bien au-delà.

Nous avions lui ses enfants, moi ma maladie. Nous savions que nous ne vivrions jamais ensemble.

Et pourtant, nous nous sommes promis de nous retrouver dans une autre vie. Nous avons fait des tas de projets pour cette vie qui nous attend un jour quelque part, bientôt.

Nous étions attachés l'un à l'autre comme des jumeaux.

Je décidais de rendre sa liberté au Guerrier.

Moi SMS : « *Je ne veux rien attendre de Nantes.*

Ne venez pas ce soir.

Je vous demande de me rendre mes clefs.

Je ne veux plus vous voir.

Je t'aime adieu ».

Le Guerrier : « *Il sera fait selon vos désirs, vos clefs vous seront rendues d'ici à vendredi soir.*

J'emporte mes souvenirs et l'espoir de vous revoir ici ou dans une autre vie. Tu restes en moi. Je t'aime ».

Moi SMS : « *Pardonne-moi le mal que je te fais* ».

Le Guerrier SMS : « *C'est plutôt à moi de te dire ça.*

Je ne pense qu'au bien que tu me donnes.

Dors en paix, le mal ne passe pas par toi.

Bises sur ton cœur ».

Cet ouvrage a été édité par La Société des Écrivains
147-149, rue Saint-Honoré – 75001 Paris

Tél. : 01 39 08 05 38 Fax. : 01 39 75 60 11
www.societedesecrivains.com
info@societedesecrivains.com

Imprimé en France

Dépôt légal 3e trimestre 2005.

ISBN 2-7480-2575-X